作者

理查・葉慈
Richard Yates

一九二六年生於紐約州楊克斯鎮。二次大戰退役之後，在雷明頓蘭德公司（Remington Rand Corporation）擔任公關部寫手，也曾短暫為勞勃・甘迺迪參議員撰寫講稿。一九五三年起開始發表備受讚譽的小說作品，第一本小說《真愛旅程》（Revolutionary Road）提名一九六二年美國國家圖書獎。他總共出版過九部作品，包括小說 A Good School、The Easter Parade、Disturbing the Peace，及兩部短篇小說合集《11種孤獨》和 Liars in Love。葉慈離過兩次婚，有三個女兒，卒於一九九二年。評論界將理查・葉慈與費茲傑羅、契軻夫等大文豪並列，並認為他是美國戰後最好的小說家及短篇故事作者。

譯者

李佳純

生於台北，輔大心理系畢業。曾旅居紐約六年求學就業，二〇〇二年返台後正職為翻譯，副業為音樂相關活動。譯有《喬凡尼的房間》、《白老虎》、《等待藥頭》等書。

designed by Rain Xie : sh_rain71@hotmail.com

理查・葉慈經典短篇小說集

十一種孤獨

ELEVEN KINDS OF LONELINESS

理查・葉慈
RICHARD YATES

李佳純 譯

木馬文學 71

十一種孤獨：理查・葉慈經典短篇小說集
Eleven Kinds of Loneliness

作者　理查・葉慈（Richard Yates）
譯者　李佳純
總編輯　陳郁馨
主編　張立雯
行銷企劃　黃千芳

社長　郭重興
發行人兼出版總監　曾大福
出版　木馬文化事業股份有限公司
發行　遠足文化事業股份有限公司
地址　231新北市新店區民權路108之3號8樓
電話　02-2218-1417　傳真　02-8667-1891
email: service@bookrep.com.tw
郵撥帳號　19588272　木馬文化事業股份有限公司
客服專線　0800221029
法律顧問　華洋國際專利商標事務所　蘇文生 律師
印刷　成陽印刷股份有限公司
初版　2013年7月
定價　新台幣320元

ISBN　978-986-5829-30-8

國家圖書館出版品預行編目(CIP)資料

十一種孤獨 / 理查・葉慈（Richard Yates）著；李佳純譯. -- 初版. -- 新北市：木馬文化出版：遠足文化發行, 2013.07
面；　公分. --（木馬文學；71）
譯自：Eleven kinds of loneliness
ISBN 978-986-5829-30-8（精裝）

874.57　　102011572

目錄
contents

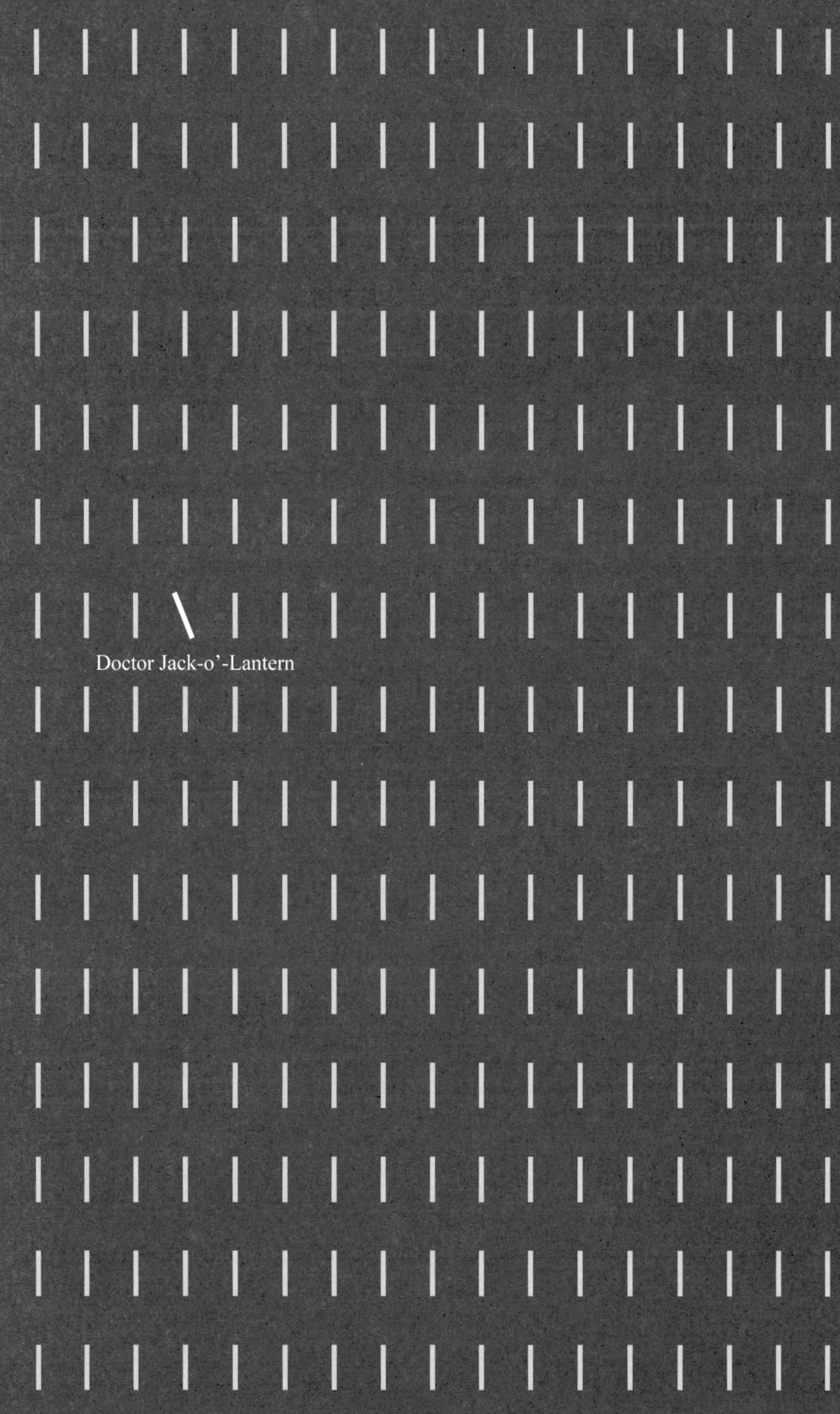
Doctor Jack-o'-Lantern

傑克南瓜燈博士

Doctor Jack-o'-Lantern

關於新來的男孩，普萊斯小姐只被告知他在某孤兒院住了很長一段時間，現在跟他同住的灰頭髮「叔叔阿姨」其實是他的養父母，他的花費由紐約市社福部門負擔。換作一個較不認真或沒想像力的教師，可能會追問更多細節，但這樣的概述足以讓普萊斯小姐滿意。事實上，這已經燃起她的使命感，從男孩加入四年級這一班的那天早上起，那使命感就在她的眼中閃耀，像愛一樣純粹。

他到得早，坐在後排——脊椎挺得很直，腳踝交叉擺在桌子正下方，十指緊扣放在桌面正中央，彷彿一切對稱可以讓他不那麼明顯——其他學童一個個進來坐下，每個人都面無表情盯了他好一會兒。

「今天班上有新同學，」普萊斯小姐鄭重指出這明顯事實，害得大家想笑。「他的名字叫文森．薩貝拉，來自紐約市。我知道大家都會努力讓他覺得舒服自在。」

這次全班一齊轉頭盯著他，造成他微微低頭，把體重從屁股的一邊換到另一邊。通常，來自紐約意味著某種威望，因為對大部分孩子而言，令人敬畏的紐約是大人去的地方，每天吞掉他們的父親，他們自己偶爾才能穿上最好的衣服去城裡玩。但任何人一眼就看出文森．薩貝拉和摩天大樓一點關係都沒有。就算可以不理會他打結的黑髮和灰皮膚，他的衣服還是洩露天機：燈芯絨褲子新得離譜，球鞋則舊到不行，黃色運動衫太小件，胸口的米老鼠圖案只剩下一點痕跡。顯然他出身的紐約，是坐火車到中央車站必得經過的那一段——那裡的人把床單掛在窗台上，整天窮極無聊盯著窗外，那裡的街道看出去筆直而深遠，一條接著一條看起來都一樣，人行道上堆積雜物，許多灰皮膚的男孩在玩某種看起來不甚安全的球類遊戲。

女生認定他不怎麼體面而轉過頭，但男生盤查的眼光再停留了一會兒，似笑非笑地把他上下打量一番。這種小孩是他們慣於認為「強悍」的那種，在陌生的街道上，他們瞪人的眼神曾經讓人覺得不舒服；這是報復的好機會。

「文森，你希望我們怎麼叫你？」普萊斯小姐詢問。「我是說，你喜歡文森，文斯，或是別的？」（這純然是學術性的問題；就連普萊斯小姐也知道男生會叫他「薩貝拉」，而女生根本不會叫他。）

「文尼就可以了。」他用奇異而沙啞的聲音回答，顯然是在老家醜陋的街道上給喊啞的。

「恐怕我沒聽清楚，」她說，把自己漂亮的頭往前伸並歪向一邊，一綹髮絲從肩膀滑下來。「你剛說文斯嗎？」

「我說文尼。」他重複一次，在位子上扭動一下。

「文森是嗎？好的，文森。」幾個學童咯咯笑，但沒有人費工夫去糾正她；錯下去才好玩。

「我就不花時間把你介紹給大家了，文森，」普萊斯小姐繼續說，「因為我覺得你一邊上課一邊記大家的名字，會比較簡單，不是嗎？好，第一天我不會要求你參與課程；你慢慢來，如果有什麼不了解的直接問，不必緊張。」

他模糊發出一個聲音，飛快笑一下，剛好顯露出他的牙根是綠色的。

「那麼，」普萊斯小姐說，進入正題。「現在是禮拜一早上，第一件事是報告。誰想開始？」

六、七隻手舉起來，文森．薩貝拉暫時被遺忘，普萊斯小姐假裝困惑地往後退。「老天，今天早上這麼多報告。」她說。報告的想法──每個禮拜一早上用十五分鐘時間，鼓勵同學說說週末的經歷──是普萊斯小姐提出的，她以此為傲也無可厚非。校長也在最近一次校務會議上稱讚過，說這個好主意連接了學校和家庭兩個世界，非常適合讓學生學習姿態和自信。這需要明智的監督──請害羞的學童出列，約束過度炫耀的孩子──但一般而言，如同普萊斯小姐向校長擔保過的，大家都覺得有意思。她特別期待今天的報告會有趣，讓文森．薩貝拉自在點，因此她選擇讓南西．帕克開頭；南西最懂得掌握觀眾注意力。

其他人安靜下來，南西優雅地走到教室前面；就連兩、三個偷偷鄙視她的女生也得假裝興致勃勃（她就是這麼受歡迎），而最愛在下課時間把她推倒在地上看她尖叫的班上男生，現在一個個面帶傻笑地看著她。

「嗯──」她開始，然後用一隻手捂住嘴巴；全班都在笑。

「哦，**南西**，」普萊斯小姐說。「你**知道**報告的時候不可以從『嗯』開始。」

她知道規則；她沒遵守是為了逗大家笑。現在她等笑聲漸漸止息，兩隻纖細的食指沿著裙襬縫線往下滑，好好地重新開始。「禮拜五，我們全家搭我哥的車出去兜風。我哥上禮拜買了一輛新的龐蒂亞克，他想載我們全家人出門——就出去試車？所以我們就去白原市，在那邊的餐廳吃晚餐，然後大家都想看一部電影叫《傑克博士與海德先生》（Doctor Jekyll and Mr. Hyde），但我哥說電影很恐怖，我還太小沒辦法欣賞——噢，他害我好生氣！然後，我想一下。禮拜六我整天待在家裡，幫我媽縫我姊的結婚禮服。我姊訂婚了，快要結婚，然後我媽幫她做結婚禮服？我們就做這個，然後禮拜天我哥的朋友來家裡吃飯，晚上他們一起回大學，那天我可以晚點睡好跟他們說再見，我猜就這樣了。」她總是直覺知道要讓演出簡短扼要——或者說，感覺起來比實際上還短。

「很好，南西，」普萊斯小姐說。「下一位是誰？」

華倫·伯格是下一位，從走道到前面的路上他仔細把褲子繫緊。「禮拜六我去比爾·史丁格家吃午飯，」他以男人對男人直截了當的方式開始，前排的比爾·史丁格不好意思地動了動。華倫．伯格和比爾．史丁格是超級好朋友，他們的報告內容經常重複。「然後吃完飯我們去白原市，騎腳踏車去。不過我們有看《傑克博士與海德先生》。」這時他朝南西的方向點點頭，南西以一聲嫉妒的埋怨再次贏得笑聲。「真的很棒，」他繼續說，愈來愈興奮。「是關於一個傢伙他——」

「關於一個人。」普萊斯小姐糾正他。

「關於一個人，他把化學藥劑混合，一喝就變成怪物？你看到他喝這個化學藥劑，然後他的手就長滿鱗片，好像爬蟲類還什麼的，然後他的臉變成很可怕的臉——有獠牙什麼的，從他的嘴突出來？」

全班女生開心地發抖。「嗯，」普萊斯小姐說，「南西的哥哥不要她看，可能是明智的舉動。你們看完電影之後做什麼，華倫？」

全班發出一陣失望的「喔——」大家都想繼續聽鱗片和獠牙的事，但普萊斯小姐不喜歡讓報告內容變成電影敘述。華倫繼續報告但不再興致盎然：看完電影之後他們只是在比爾．史丁格家的後院閒晃，直到晚餐時間。「然後禮拜天，」他說，又熱烈起來，「比爾．史丁格來**我**家，我爸幫我們用很長的繩子綁住輪胎，另一頭綁在樹上？我家後面有一個很陡的山坡，就一個山溝，我們就把輪胎吊起來，你可以扶著輪胎跑幾步路，然後把腳抬起來，就可以盪到山溝裡再盪回來。」

「聽起來真好玩。」普萊斯小姐說，瞄了一眼手錶。

「真的很**好玩**，」華倫同意。但之後他拉了一下褲頭，皺著額頭補充，「當然這很危險，如果你放掉輪胎或什麼的，就會跌得很慘。撞到石頭或什麼的，可能會摔斷腿，或是脊椎。但我爸說他相信我們兩個可以照顧自己的安全。」

「好的，就到這邊吧，華倫，」普萊斯小姐說。「我們還有時間再聽一個人報告。誰準備好了？亞瑟．克洛斯？」

一陣埋怨聲，因為亞瑟．克洛斯是班上的頭號笨蛋，他的報告都很無聊。這次的沉悶內容是有關到長島拜訪他的叔叔。有一度他說錯一個字——「汽艇」（motorboat）他說成「艇汽」（botormote）——全班用專屬亞瑟．克洛斯的奚落努力嘲笑他。但當那個刺耳沙啞的笑聲從教室後方加入，大家瞬間止住了笑。文森．薩貝拉也在笑，露出一口綠色牙齒，全班的人瞪著他直到他停下來。

報告結束，大家準備上課。到下課前沒有人再想到文森．薩貝拉，而下課後大家想到他也只為了確定什麼都不讓他參加。他不在圍著單槓輪流練習翻轉身體的男孩群裡，也不在操場角落密謀把南西・帕克推到泥巴裡的那群男生裡。甚至人數較多的那一群，連亞瑟・克洛斯也是成員之一的，也沒有他的身影，此時他們正圍成一圈瘋狂玩著紅綠燈。當然他也不可能加入女生，或是別班男生，因此他誰也沒加入。他待在操場周圍靠近校舍的地方，首先假裝忙著綁鞋帶。他蹲下去把鞋帶解開再綁好，直起身子用運動員的方式試著跳躍出幾步，然後蹲下來重新綁好。經過五分鐘之後他放棄，撿起一堆小石頭往幾碼之外看不見的目標丟擲。這樣也撐了五分鐘，但還剩下五分鐘，除了站著以外，他想不出還能做什麼，他先把手插在口袋，然後把手放在臀部，然後像大人一樣雙手交疊擺在胸前。

普萊斯小姐站在門口看著一切，從下課時間開始到結束都在思索自己是否應該出去做點什麼。她猜最好還是不要。

隔天的下課時間，以及那一周的每一天，她都控制住衝動，只是一天比一天困難。但她無法控制自己不把焦慮顯露在課堂上。文森・薩貝拉在課業上犯的錯誤統統被公開原諒，就連與轉學無關的也是，而他的任何成就都被點名嘉獎。她要扶他一把實在太明顯，特別是她試著不落痕跡的時候，比方說有一次在解釋數學問題時，她說：「假設華倫．伯格和文森．薩貝拉各自帶著十五分錢去商店，糖果一條十分錢，各人可以買幾條糖果？」到那個禮拜的尾聲，他已經穩當成為最糟的一種教師寵兒，老師同情心之下的受害者。

到週五她決定，最好的方法是私下跟他談，試著引導他開口。她可以提他在美術課畫的圖畫——這應該可以作為開場白——她決定在午餐時間行動。

唯一問題是，下課時間之後的午餐時間，是一天裡文森．薩貝拉最難受的時候。他不像其他學童回家一小時吃飯，而是用皺巴巴的紙袋裝午餐帶到教室裡吃，這已經是種難堪。最後一個離開的學童會看到他一副抱歉的模樣握著他的紙袋還坐在桌子前，而忘了拿帽子或毛衣而回教室的人總是讓正在吃東西的他嚇一跳——他不是用手遮住一顆白煮蛋，就是偷偷擦掉嘴邊的美奶滋。這個情形，沒有因為普萊斯小姐在班上還有一半學生時走近他身邊而改變。她優雅地坐在他隔壁桌的邊緣，明顯是縮短自己的用餐時間以花時間跟他一起。

「文森，」她開口，「我一直想跟你說我很喜歡你畫的畫。真的畫得很好。」

他喃喃說了幾個字，眼神飄向門口正要離開的一群學童。她繼續微笑說話，詳盡讚美他的畫；在最後一個學童離開並關上門之後，他終於可以把注意力放在她身上。一開始只是嘗試性的；但她說得愈多，他似乎也愈放鬆，最後她發現自己得以讓他自在。這既簡單又讓人滿足，就像撫摸一隻貓。畫的部分說完了，現在她勝利地拓展她的讚美。「這件事不簡單，」她說，「轉學到一所新的學校，習慣新的功課和方法，我認為目前為止你做得好極了，我真的這麼想。但你告訴我，你覺得你會喜歡這裡嗎？」

他看著地板的時間剛好足以回答——「還可以」——然後再度盯著她的眼睛看。「那就太好了。我不打擾你吃午餐了，文森。繼續吃吧，如果你不介意我跟你坐在一起。」但他的不介意到了此刻已經再明顯不過，他打開一個香腸三明治吃了起來，她肯定是這個禮拜以來他食慾最好的一餐。就算現在班上有人走進來看著也無所謂，但沒有也好。

普萊斯小姐往桌面後方移動坐得更舒服點，腿交叉，她穿著薄絲襪，讓一隻腳的平底鞋微微鬆脫。「當然了，」她繼續說，「到一間新學校總是得花點時間熟悉環境。比如說，新同學要和其他同學做朋友不是件容易的事。我的意思是說呢，你別太在意其他人對你好像有一點不禮貌。其實大家也跟你一樣，很想交朋友，只是太害羞。只要一點時間，雙方都做一點努力。當然不必太多，只要一點點就夠。比如說，我們禮拜一早上的報告——最適合讓大家互相認識。不必覺得一定要上台報告；想做的人才做。這只是讓其他同學認識你的方法之一，其他方法還很多。重點是別忘了，交朋友是世界上最自然的事，要交到很多朋友只是時間早晚的問題。這段期間呢，文森，希望你可以把**我**視為你的朋友，有任何需要或幫忙儘管來找我。好嗎？」

他點點頭，嚥下一口。

「很好。」她站起來，把修長大腿之上的裙子撫平。「我得走了，不然我會來不及吃午飯。很高興我們聊了一下，文森，希望下次還有機會。」

她在那一刻站起來或許是件好事，因為她要是在那張桌子再多坐一分鐘，文森・薩貝拉就會抱住她，把臉埋在她膝上溫暖的灰色法蘭絨，再認真富想像力的教師，也可能摸不清是怎麼回事。

到了禮拜一早上報告時間，普萊斯小姐比任何人還驚訝看見文森．薩貝拉第一個熱烈地舉起他髒兮兮的手。她有點擔心是否該由別人開始，但又怕傷了他的心，她說，「好吧，文森。」盡可能以一種就事論事的口氣。

當他自信地走到教室前面，轉過來面對他的觀眾，隱隱傳來一陣嗤笑。他看起來太過自信滿滿了：從他肩膀的高度以及他眼中的光彩，可以看出驚慌的姿態。

「禮拜六我看過（seen）那部電影。」他宣布。

「看了（saw），文森。」普萊斯小姐溫柔地糾正他。

「我的意思就是那樣，」他說；「我看了那部電影。《傑克南瓜燈博士與海德先生》[1]。」

全班爆出一陣狂笑，齊聲糾正他：「是傑克博士！」

喧鬧聲讓他無法說話。普萊斯小姐生氣地站了起來。「說錯是**人之常情**！」她說。「你們不必這麼不禮貌。繼續，文森，請原諒大家打斷你。」笑聲消退，但全

注1／
文森口誤把傑克博士（Doctor Jekyll）說成傑克南瓜燈博士（Doctor Jack-o'-Lantern and Mr. Hide），亦即萬聖節常見的南瓜燈。

班繼續搖頭嘲笑他。這當然不是人之常情的錯誤；首先這證明了他是個無可救藥的笨蛋，第二證明了他在說謊。

「我的意思就是那樣，」他繼續。「《傑克博士與海德先生》。我不小心搞錯了。總之，我看到牙齒從他嘴裡長出來，我覺得很棒。然後禮拜天我媽跟我爸開他們的車來看我。是一輛別克，我爸說，『文尼，要不要去兜風？』我說，『當然好，要去哪裡？』他說，『你愛去哪兒就去哪兒。』所以我說，『我們去鄉下，到大路上開一下。』然後我們就出去——哦，時速大概五十或六十哩——我們就在一條高速公路上開，然後警察開始跟在我們後面？我爸說，『別擔心，我們會擺脫他。』然後他就加速，我媽很害怕，但我爸說，『別擔心，親愛的。』他試著轉彎下高速公路好擺脫警察？但他一轉彎，警察就開始開槍。」

到這時候，班上少數還能看著他的人，都歪著頭嘴巴微張，就像看著一條斷手或是馬戲團的怪胎。

「我們差點就跑不掉，」文森繼續說，他的眼睛在發光，「有一顆子彈打到我爸的肩膀。沒有傷得很厲害——大概只是擦傷——所以我媽就幫他用繃帶包起來，但之後他沒辦法再開車，我們只好帶他去看醫生？所以我爸說，『文尼，你可以開一段嗎？』我說，『當然好，只要你教我怎麼開。』然後他就教我怎麼踩油門和煞車，就這樣，我開車到醫生那裡。我媽說，『文尼，你一路自己開，我真以你為榮。』總之，我們去醫生那裡，幫我爸包紮，然後他再開車載我們回家。」他上氣不接下氣。經過一段不確定的暫停，他說，「就這樣。」然後他快速走回自己的座位，新而筆挺的燈芯絨長褲隨著他每走一步而呼呼作響。

「嗯，非常——有娛樂性，文森，」普萊斯小姐說，假裝沒發生什麼事。「接下來是誰？」但沒有人舉手。

那天的休息時間比平時還難熬；至少在他找到地方躲之前——一條介於兩棟校舍之間的狹長水泥通道，除了幾扇關閉的逃生門外別無他物。裡頭陰暗涼爽得令人感到安慰——他可以背靠牆站著，眼睛顧著入口，下課時間的噪音和陽光一樣遙遠。但鐘聲響他就得回教室，而再過一個小時就是午餐時間。

普萊斯小姐放他一個人，一直到自己用餐結束。她的手在門把上擱了一分鐘給自己勇氣，然後才走進去坐在他旁邊，準備再聊一聊，他正要嚥下香果乾酪三明治的最後一口。

「文森，」她開口，「我們都喜歡你今天早上的報告，但我想如果你能講講自己現實生活中的事，可能會讓大家更喜歡。我是說，」她急著繼續，「比如，我發現你今天穿了一件好看的新防風外套。**是**新的對吧？是你阿姨週末買給你的嗎？」

他沒有否認。

「那麼，你怎麼不跟大家說和阿姨去店裡買外套的事，以及後來做了什麼，這就是很好的報告。」她停頓了一下，第一次堅定地看著他的眼睛。「你懂我要說的意思吧，文森？」

他把嘴巴上的麵包屑抹掉，看著地板，點點頭。

「下次會記得對嗎？」

他又點點頭。「我可以離開嗎，普萊斯小姐？」

「當然可以。」

他走到男生廁所去嘔吐。之後洗了把臉，喝了一點水，然後回到教室裡。普萊斯小姐正在講桌前忙碌沒有抬頭。為避免再跟她打交道，他晃到衣帽間，坐在其中一張長椅上，撿起某人不要的鞋套，不斷在手上把玩。沒多久他聽見返校學童的閒談聲，為了不讓人發現他在那兒，便站起來往逃生門走。推開之後他發現那是通往當天早上他藏身的小巷子，於是溜了出去。他在那裡站了一、兩分鐘，看著空蕩蕩的水泥牆；之後，他在口袋裡找到一段粉筆，把想得出來的髒話全部寫在牆上，每個大寫字母都有一呎那麼高。他寫了四個字，試著回想第五個字的時候，聽見背後的門聲。亞瑟．克洛斯站在那裡，扶著門瞪大眼睛讀著那些字眼。「天啊，」他畏怯地壓低聲音說。「天啊，你完蛋了。你肯定**完蛋**了。」

文森．薩貝拉被嚇了一跳但瞬間鎮靜下來，把粉筆藏在手掌心，大拇指勾著自己的皮帶，轉過來惡狠狠瞪了亞瑟一眼。「是嗎？」他質問。「誰會去告密？」

「呃，不會有人去**打小報告**，」亞瑟．克洛斯不安地說，「但你不該到處亂寫——」

「好的，」文森說，往前踏出一步。他的肩膀往下垂，頭往前，眼睛瞇起來，看起來像愛德華．G．羅賓森[2]。「好的，這樣就好。我不喜歡告密的人，懂了嗎？」

他說這句話時，華倫．伯格和比爾．史丁格出現在門邊——剛好聽到這句話也

注2／
Edward G. Robinson，二十世紀初的美國電影明星，以飾演幫派角色聞名。

看見牆上的字眼，然後文森轉向他們。「你們兩個也是，懂了嗎？」他說。「兩個都一樣。」

不可思議的是，兩人臉上都露出跟亞瑟．克洛斯一樣防衛性的傻笑。一直到兩人互看一眼之後，才有辦法再用適當的輕蔑望向他，但為時已晚。「你以為自己很聰明是嗎，薩貝拉？」比爾．史丁格說。

「我怎麼以為不重要，」文森告訴他。「而你們都聽見我說什麼了。現在我們進去。」

他們沒辦法做什麼，只能移到一旁讓路給他，然後目瞪口呆地跟著他一起走進衣帽間。

告密的是南西．帕克——但當然了，因為是南西．帕克，沒辦法真的覺得這算打小報告。她在衣帽間裡聽見了一切，男生們一走進來，她往巷子裡瞄了一眼，看見那些字眼，做出皺眉頭的表情，就直接跑去找普萊斯小姐。普萊斯小姐正準備叫大家進去上下午的課，南西跑來在她耳邊說悄悄話。她們一起走進衣帽間——過一陣子裡頭傳來逃生門忽然關上的聲音——回來時南西因正義感而漲紅了臉，普萊斯小姐則臉色慘白。她沒有宣布什麼。整個下午課照常進行，但很明顯普萊斯小姐心煩意亂，一直到三點鐘她讓大家下課回家，才把事情明朗化。「文森・薩貝拉留下來，」她對班上其他人點點頭。「就這樣。」

教室慢慢淨空，她坐在自己書桌前，閉著眼睛用拇指和食指按摩她纖細的鼻梁，一邊努力回想她讀過的某一本關於嚴重失常兒童的書籍。也許她當初就不該試著為文森・薩貝拉的寂寞負責。也許整件事需要專家的協助。她深呼吸。

「過來坐在我身邊，文森，」她說，他坐好了之後，她看著他。「我要你告訴我實話。外面牆上的字是你寫的嗎？」

他盯著地板。

「看著我，」她說，然後他看著她。她看起來比往常還漂亮：臉頰稍微泛紅，眼睛發光，可愛的嘴巴緊繃得不自在。「首先，」她說，拿給他一個滿是油漆痕跡的琺瑯水盆，「你把這個拿到男生廁所裝滿熱水和肥皂。」

他照做，走回來時小心拿著水盆以免肥皂水灑出來，她在書桌的底層抽屜找舊抹布。「拿去，」她說，揀出一條然後快速把抽屜關上。「這條可以用。拿去沾領他走回逃生門，站在巷子看著他，不發一語，等他把所有的字洗掉。

後，抹布和水盆也收好，他們再次到普萊斯小姐的書桌前坐好。「我猜

我在生你的氣，文森，」她說。「我沒有。我也想生氣——這樣會比較簡單——但我反而覺得難過。我試著跟你做朋友，我以為你也想跟我做朋友。但這種事情——會做這種事的人，很難跟他做好朋友。」

看見他眼裡的淚光真是謝天謝地。「文森，可能我對一些事情的了解比你想像的還多一點。我知道有時候一個人做這種事，不是因為想傷害別人，只是因為他不快樂。他知道這樣做不好，甚至也知道做了以後不會讓他更快樂，但他還是做了。他發現他失去一個朋友而感到非常後悔，但已經太遲了。事情已經做了。」

她讓陰鬱的註記在寂靜教室裡迴盪，然後才再次開口。「我不會忘記這件事，文森。但說不定這一次我們還可以做朋友——只要我知道你不是故意要傷害我。但你一定要答應我，你不會忘記當你做這種事，會傷害很想要喜歡你的人，然後讓自己也受傷。你可以答應我你會記住這點嗎，親愛的？」

那句「親愛的」和她伸出去扶著他毛衣肩膀的纖纖玉手一樣不是出於自願；兩

者都讓他的頭比剛才更低。

「好吧，」她說。「你可以走了。」

他從衣帽間拿了夾克就離開，迴避她疲憊不確定的眼神。走廊上無人也寂靜無聲，只有遠處傳來清潔工的長掃帚碰撞到牆壁的規律空洞聲。他膠底鞋發出的步伐聲只是更添寂靜；連拉起夾克拉鍊的孤單小聲音也是，厚重前門的機械嘆息聲亦然。當他在校外水泥人行道上走了幾碼，發現兩個男孩跟在他旁邊，使得這寂靜愈發地令他驚嚇。華倫．伯格和比爾．史丁格對著他笑，一臉焦急、幾乎友善的模樣。

「所以她對你做了什麼？」比爾．史丁格問。

文森沒料到他們會在，差點來不及擺出愛德華．G．羅賓森的表情。「不干你的事。」他說，然後加快速度。

「不，聽著——等等，嘿，」華倫．伯格說，兩人小跑步跟上他。「她到底做了什麼？是大聲罵你還是怎樣？等等，嘿，文尼。」

聽見那個名字讓他全身發抖。他得把手用力塞進夾克口袋深處，逼自己往前走；他先控制自己聲音穩定下來才說：「我說過，**不干你們的事**，別煩我。」

但他們現在緊跟在他身邊。「老天，她一定狠狠教訓了你一頓，」華倫．伯格不放棄。「她到底說了什麼？告訴我們嘛，文尼。」

這次那名字終於讓他招架不住，推翻了他的抗拒，讓他軟化的膝蓋減緩到適於交談的漫步。「她什麼都沒說，」他終於說；然後戲劇性地暫停了一會兒，再補一句，「她讓直尺代替她說話。」

「**直尺**？你是說她用**直尺**打你？」兩人一臉震驚，若非懷疑就是欽佩；隨著他們繼續聽下去，看起來愈來愈像是欽佩。

「在指關節上，」文森抿著嘴唇說。「一隻手五下。她說，『手握拳。放在書桌上。』然後她拿出直尺**啪！啪！啪！**五次。假如你們以為不痛就是瘋了。」

普萊斯小姐扣上大衣鈕釦，大門在她背後低聲關上，她不敢相信自己的眼睛。眼前的不可能是文森．薩貝拉——前方人行道上那個完全正常、快樂的男孩，左右兩邊的朋友正專注地看著他。但那真的是他，這場景讓她想鬆一口氣大聲而開心地笑。他總算沒事了。經過這許多暗中的好意，她完全沒預料到這個場景，也絕對不可能造成這場景發生。但眼前事情的確發生了，再次證明，她永遠無法了解孩子們的方法。

她加快優雅的腳步超越他們，經過時低頭對他們笑。「晚安，男孩們，」她大聲說，用意是歡樂的祝福：她被三人受驚的臉看得不好意思，於是笑得更燦爛，然後說，「老天，愈來愈冷了，可不是嗎？你穿的那件防風夾克看起來真暖和，文森。我好嫉妒你。」最後他們終於羞怯地對她點頭；她又說了一聲晚安，轉過頭繼續走向公車站。

她在背後留下一陣深遠的沉默。華倫·伯格和比爾·史丁格盯著她，直到她消失在轉角，才轉過來面對文森·薩貝拉。

「直尺個屁！」比爾·史丁格說。「直尺個屁！」他厭惡地推了文森·薩貝拉一把，讓他顛了一下往華倫·伯格的方向倒，華倫·伯格再把他推回去。

「老天爺，你**什麼**都要騙，不是嗎，薩貝拉？**什麼**都要騙！」

文森被撞得失去重心，手仍緊緊塞在口袋裡，他努力但徒勞維持自己的尊嚴。「誰管你們信不信？」他說，但因為他想不出還能說什麼，於是又說了一次。「誰管你們信不信？」

但他現在是一個人走。華倫．伯格和比爾．史丁格往對街移動，倒退著走繼續對他憤怒藐視。「就像你騙說警察開槍打你爸！」比爾．史丁格大喊。

「就連**電影**也是騙的，」華倫．伯格補上一筆；忽然間他假笑起來，雙手拱起放在嘴巴旁邊大喊，「嘿，傑克南瓜燈博士！」

這不是一個好的綽號，但聽起來有種可信度——很快傳開讓大家琅琅上口的那種。他們用手肘輕推對方，一起大喊：

「怎麼了，傑克南瓜燈博士！」

「你怎麼不趕快跟普萊斯小姐一起回家，傑克南瓜燈博士？」

「再見，傑克南瓜燈博士！」

文森．薩貝拉繼續走，不理他們，一直等到兩人消失在視線裡，然後他轉身按原路走回學校，繞過操場回到那條小巷，牆上還有被他用濕抹布擦過的深色水漬。

他挑了一塊乾的地方，拿出粉筆開始仔細畫一顆頭，側面，長髮濃密，然後慢慢畫臉，用濕的手指擦掉部分再重畫，直到畫出他所畫過最漂亮的一張臉：細緻的鼻子、微張的嘴唇，眼睫毛優雅地捲起像小鳥翅膀。他暫停了一下，用愛人般的莊重欣賞了一會兒；然後他從嘴巴畫一條線出來，連接到一個巨大的對白框框，在框框裡他憤怒地寫下中午他在牆上寫的每一個字，憤怒到粉筆一直斷在他手裡。回到頭部，他給它一個細細的脖子和緩緩下垂的肩膀，然後用粗筆畫給它一個裸女的身體：大胸部和堅挺的小乳頭、細腰，一個小點是肚臍，屁股很大，外開的大腿，中間三角形猛烈畫上陰毛。他在圖畫下面打上標題：「普萊斯小姐」。

他站著看了一會兒，呼吸沉重，然後回家。

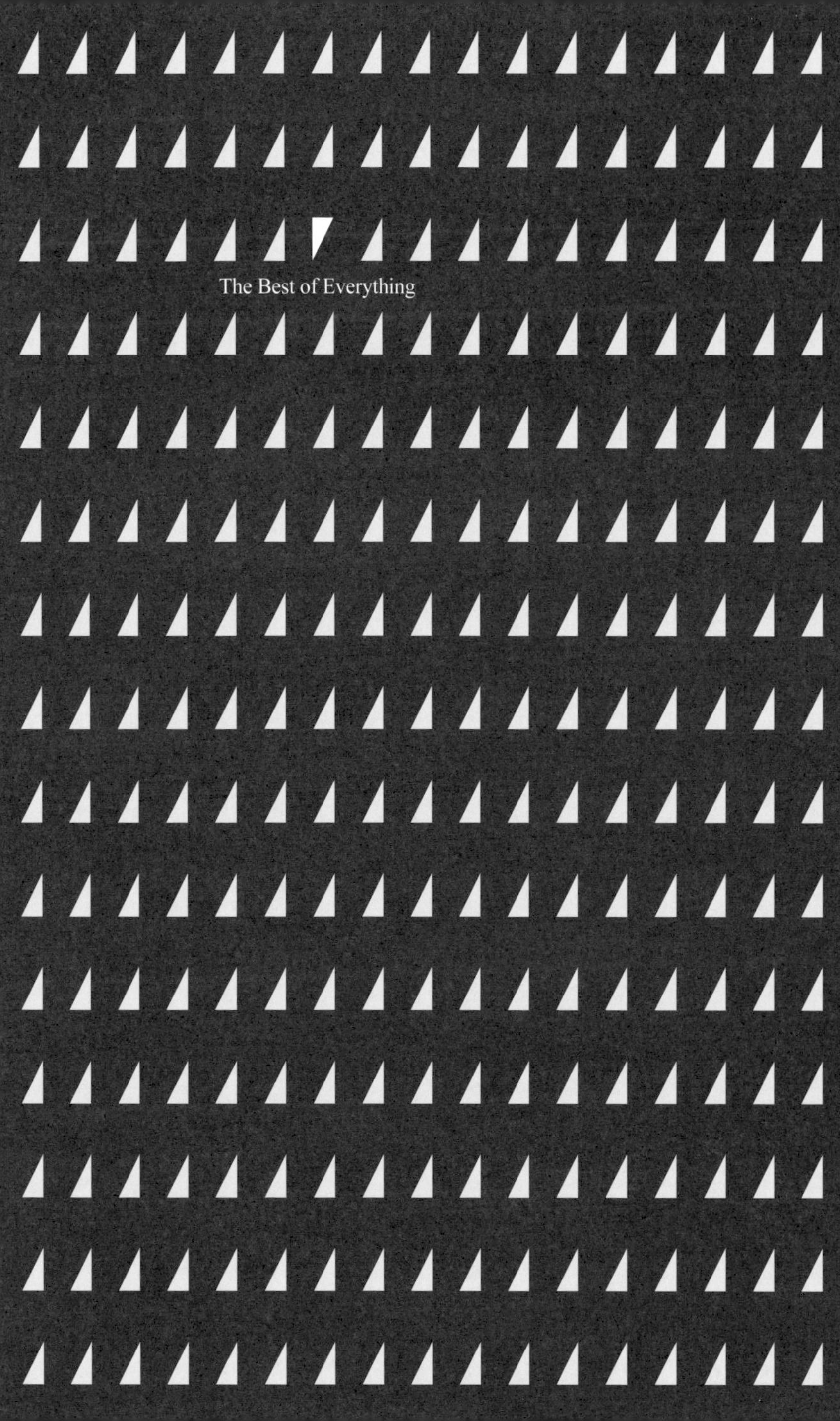
The Best of Everything

美滿幸福

The Best of Everything

葛瑞絲要結婚前的那個禮拜五，大家都不期待她做任何工作。事實上，沒有人讓她做事，無論她願意與否。

她打字機旁的玻璃紙盒裡有一朵梔子胸花——老闆艾特伍德先生送的——隨附的信封裡有一張布朗明黛爾百貨的十元禮券。自從那一次她在公司的聖誕派對上親了他的脖子，艾特伍德對她一直特別殷勤，她走進去謝謝他的時候，他整個人駝背忙著翻抽屜，滿臉通紅，也不敢看她的眼睛。

「哦，別客氣，葛瑞絲，」他說。「這是我的榮幸。你有需要別針別那個小玩意兒嗎？」

「裡頭已經有別針了，」她說，把胸花舉起來。「看到嗎？漂亮的白色別針。」

他眉開眼笑地看著她把花別在她西裝外套的翻領上。然後他煞有其事地清清喉嚨，拉出桌面下的寫字板，準備開始當天的口述，結果只有兩封短信。直到過了一個小時她看見他把一堆「迪特風」（Dictaphone）錄音機臘管[1]送去給中央打字，才明白他幫了她一個忙。

「艾特伍德先生，你人真好，」她說，「但我真的覺得你應該把全部工作交給我，就像平——」

「哎，好了，葛瑞絲，」他說。「人一輩子也才結婚一次。」

女孩子們也大驚小怪，擠在她的辦公桌前嗤嗤笑，不斷要她拿洛夫的照片出來看（「哦，他好**可愛！**」），辦公室經理則緊張地看在眼裡，他不想掃興，但還是焦慮地指出，今天畢竟是上班日。

然後午餐時間在許瑞夫特餐廳有個傳統小型派對——九個女人和女孩，喝著不熟悉的雞尾酒而頭暈，點的雞皇飯[2]放在一旁涼掉，爭先恐後地給她回憶和祝福。現場還有更多花和另一樣禮物——大家偷偷湊錢買的銀製糖果盤。

注1／
早期辦公室的錄音設備，主管錄音後由秘書打成文件，臘管經刮紋機刮除聲紋後可重複錄音，每支臘管可以錄約兩分鐘。

注2／
雞丁以蘑菇、雪莉酒、蔬菜和白醬煮成的料理。

葛瑞絲說「謝謝」、「真的很感激」、「不知道該說什麼才好」，一直到她腦子裡迴響的都是這幾句，嘴角也笑得痠了，感覺這個下午好像永遠不會結束似的。

洛夫在四點鐘左右打電話來，聽起來興高采烈。「你好嗎，親愛的？」他問，她還來不及回答他就說，「聽好，你猜我收到什麼？」

「不知道，禮物嗎？是什麼？」她試著讓自己聽起來興奮，但不容易。

「禮金。五十塊錢。」她幾乎可以看見他說「五十塊錢」時噘嘴的模樣，每當他宣布金額時特有的認真表情。

「哦，真好，洛夫。」她說，她的聲音若聽起來有些累，他並沒有發現。

「很好吧？」他笑說，嘲弄她用的女孩子字眼。「你覺得**開心**是吧，葛瑞絲？但我真的很驚訝，你知道嗎？老闆說，『拿去，洛夫，』然後交給我一個信封。他臉上一點笑都沒有，我還在想，發生什麼事？我是不是要被炒魷魚了？他說，『打開啊，洛夫。』於是我打開，然後我看見他咧嘴笑得一哩寬。」他笑著嘆口氣。「嗯，聽著，親愛的，今晚你要我幾點過去？」

「哦，不知道，愈快愈好吧，我猜。」

「聽我說，我得去艾迪家拿他要借我的袋子，我先去辦這件事，然後回家吃飯，之後再過去你那邊，大約八點半或九點。可以嗎？」

「好的，」她說。「到時候見，達令。」她改口叫他「達令」才很短的時間——打從嫁給他終於成為確定不會再改變的事——這字眼聽起來仍然陌生。當她整理桌上的文具用品（因為沒別的事做），一種熟悉的恐慌襲來：她怎麼能嫁——她幾乎不認識這個人。有時恐慌以不同方式出現：她不能嫁給這個人，因為她對他太**熟悉**，無論哪一種方式，都讓她驚惶不已，無法面對室友瑪莎從一開始對他下的所有評論。

「他很可笑不是嗎？」她跟他第一次約會之後瑪莎說。「『廁所（toilet）他說『促所』（terlet）。我不認識有人真的這樣說。」葛瑞絲咯咯笑，欣然同意這的確好笑。那個時期無論瑪莎說什麼她都會欣然同意——能夠從《紐約時報》分類廣告找到像瑪莎這樣的女孩，常讓她覺得是自己碰過最幸運的事情。

但洛夫堅守了一整個夏天，到秋天她開始為他辯護。「你到底不喜歡他哪一點，瑪莎？他是個好人。」

「哦，每個人都是好人，葛瑞絲，」瑪莎用她的大學生口氣說，讓「好人」聽起來隱約是一件荒謬的事。她一邊仔細塗指甲油一邊氣呼呼地抬起頭。「只不過他就是個——一條**白蟲**。你看不出來嗎？」

「我可看不出他的**膚色**跟——」

「老天，**你**知道我的意思。你不懂我的**意思**嗎？他跟他那群朋友，艾迪或馬提或喬治，過著可鄙的小職員生活和可鄙的……反正他們都**很像**，那些人。一天到晚只會問『嘿，巨人隊怎麼樣了？』或是『嘿，洋基隊怎麼樣了？』一個個都住在桑尼塞得或伍海文或什麼糟糕地方，每個人的媽都在壁爐台上放了該死的小陶瓷大象。」瑪莎繼續皺眉頭看她的指甲油，示意話題結束。

整個秋天和冬天她都在困惑中。有一陣子她試著只跟瑪莎那種男生約會——他們老是把「有趣」掛在嘴邊，把窄肩法蘭絨西裝當制服一樣穿；也有一陣子她試著不跟任何男人約會。她甚至還在公司的聖誕節派對，試了跟艾特伍德先生的那件瘋狂事。這段期間洛夫不斷打電話來，一直在她身邊等她做決定。有一次她帶他回賓州老家見爸媽（她不敢想像帶瑪莎去會怎樣），但一直到復活節她才屈服。

他們去皇后區，參加洛夫那一夥人常去的那種退伍軍人協會辦的舞會，樂隊演奏到〈復活節遊行〉時，他把她抱得很緊，幾乎不動，喃喃用他的男高音對著她唱。她從沒想過洛夫是會做這種事的人——這麼溫柔體貼——她可能不是當下決定嫁給他，但事後回想起來彷彿就是如此。她似乎是在那一分鐘做的決定，隨著音樂搖擺，他沙啞的聲音在她的髮際：

「我是最幸運的男人
當眾人看著你
復活節遊行隊伍中
我是最驕傲的傢伙……」

當晚她告訴瑪莎，到現在她還記得她臉上的表情。「哦，葛瑞絲，不會吧——你一定不是**認真**的。我是說，我還以為他只是個**玩笑**——你不會真的想——」

「閉嘴！你閉嘴，瑪莎！」她哭了一整晚。就連現在她也還為了這件事恨瑪莎；就連現在愣愣盯著辦公室牆上那一排檔案櫃的同時，一半的她也因恐懼而不舒服，深怕瑪莎是對的。

咯咯笑的聲音朝她傳來，她嚇了一跳，看見兩個女孩——艾琳和蘿絲——在打字機後面指著她笑，「看到了哦！」艾琳唱道。「被**我們**看到了哦！又在發暈了是嗎，葛瑞絲？」蘿絲擠了擠自己的平胸[3]又眨眼笑她，兩個人笑得東倒西歪。

葛瑞絲努力擺出屬於新娘的真誠笑容，現在該做的是計畫。

明天「一大清早」，套一句她母親的用語，她會跟洛夫在賓州車站碰面，一起搭車回家，大約一點抵達，而她的父母會在火車站接他們。「看到你真好，洛夫！」她爸會這麼說，她媽大概會親他一下。她感到一股溫暖的親情：他們不會叫他白蟲；**他們**不知道何謂普林斯頓男孩、「有趣」的男孩，或是其他讓瑪莎覺得多麼了不起的那些男孩。然後她爸可能會帶洛夫出去喝杯啤酒，帶他參觀自己工作的紙廠（至少洛夫也不會對在紙廠工作的人擺出勢利眼），然後晚上洛夫的親友會從紐約過來。

當晚她和她媽會徹夜長談，然後隔天的「一大清早」（想到母親單純而快樂的面孔，她的眼睛一陣刺痛），她們就會開始為婚禮做打扮。然後是教堂和典禮，然後婚宴（她父親會喝醉嗎？妙麗．克雀兒會不會因為沒當伴娘而生悶氣？）然後搭火車到大西洋城，然後是飯店。但飯店之後她不知該怎麼計畫下去。門在她背後鎖上，接著是狂亂奇異的沉默，全世界只剩下洛夫為她開路。

「唔，葛瑞絲，」艾特伍德先生說，「我祝你幸福。」他戴著帽子穿著外套站在她辦公桌旁，四周傳來閒聊和椅子往後推的聲音，代表現在五點了。

「謝謝你，艾特伍德先生。」她站起來，前來道別的女孩們忽然包圍住她。

「祝你好運，葛瑞絲。」

「到大西洋城寄張卡片給我們吧，葛瑞絲？」

「再會了，葛瑞絲。」

「晚安，葛瑞絲，聽著：祝你美滿幸福。」

終於她擺脫了所有人，出了電梯，出了大樓，快步穿越人群往地鐵站去。

到家時，瑪莎正站在小廚房門口，穿著新洋裝的她看起來非常苗條。

「嗨，葛瑞絲。你今天一定被生吞活剝了吧？」

注3／
發暈（mooning）也有露臀或露胸的意思，因為圓月與臀部形狀近似。

「哦，沒有，」葛瑞絲說。「大家都——很親切。」她筋疲力盡地坐下來，把花和包裝的糖果盤放到桌上。然後她發現整間屋子都打掃過，晚餐正在廚房裡準備。「哇，家裡看起來好棒，」她說。「幹麼這麼辛苦？」

「噢，反正我今天比較早回家，」瑪莎說。然後她微笑，葛瑞絲很少看到她害羞。「我只是想說等下洛夫來的時候，看見家裡偶爾這麼整潔也不錯。」

「喲，」葛瑞絲說，「你人真好。」

瑪莎此刻的模樣更出人意表：她看起來難堪。她手上有一把油膩膩的鍋鏟，靈巧地舉在離洋裝一段距離的位置端詳，彷彿接下來的話很難說出口。「聽著，葛瑞絲，」她開口。「你明白我為何沒辦法去婚禮吧？」

「哦，當然了。」葛瑞絲說，雖然她其實不太明白。瑪莎說要在她哥從軍之前去哈佛看他，但整件事打從一開始就聽起來像謊話。

「我只是不希望你以為——總之，你能明白的話就好。我還有一件更重要的事想說。」

「是什麼？」

「嗯，就是我很抱歉從前說過洛夫的壞話。我沒有權利那樣跟你說。他是個很貼心的男孩子，而我——我很抱歉，就這樣。」

葛瑞絲好不容易才壓抑下一股感激和解脫的心情，說：「哦，沒關係的，瑪莎，我——」

「豬排燒焦了！」瑪莎衝進廚房。「沒事了，」她從裡頭大喊。「還可以吃。」當她端著晚餐出來，已經恢復舊有的沉著。「我吃完就要離開，」坐下來的時候她說。「我那班火車再四十分鐘就出發。」

「我以為你**明天**才走。」

「本來是，」瑪莎說，「但我決定今晚就走。因為你知道嗎，葛瑞絲，還有一件事——如果你還能忍受我再次道歉——就是我以前很少讓你和洛夫有機會在這裡獨處。所以，今天晚上我會撤退。」她猶豫了一下。「有點像是我送你的結婚禮物，好嗎？」然後她笑了，這次不是害羞的笑，而是比較合乎她個性的——說完一句意有所指的話，眼神微微望向別的地方。這個笑容讓葛瑞絲懷疑、困惑、敬畏和學習過，很久以前她就把它和「世故」一詞連在一起。

「你太貼心了。」葛瑞絲說，然而她還是不太懂。一直到晚餐用畢，盤子也洗了，而瑪莎急忙化妝、收拾行李、說再見出門趕火車，她才慢慢了解。

她好好地泡了一個澡，花很長時間擦乾自己，對著鏡子擺姿勢，心裡一股奇異而緩慢的興奮。在臥室裡，她從昂貴白色禮盒的薄紙裡抽出她的嫁妝——一件輕薄的白色尼龍睡袍，和一套相配的女便服——穿上之後又走到鏡子前。她從來沒穿過這種衣服，或有這種感覺，想到讓洛夫看見自己這幅模樣，她便走進廚房倒了一杯乾身雪莉酒，是瑪莎的派對藏酒。然後她關掉全部燈只留一盞，拿著酒杯走到沙發，坐下來等他。過了一會兒她站起來，把整瓶雪莉酒拿到茶几上的托盤擺著，旁邊再加一個杯子。

洛夫離開辦公室時有一絲失望。不知怎的，他對婚前最後一個禮拜五的期待不僅於此。禮金支票是還不錯（雖然他偷偷期望的金額是兩倍），午餐時間男同事請他喝一杯，開了一些恰當的玩笑（「啊，別難過，洛夫——還有比這更糟的事」），但應該要有一個真正的派對才是。不只辦公室同事，還有艾迪，以及他所有的朋友。結果他只是要跟艾迪在白玫瑰碰面，就像過去一年三不五時那樣，然後搭車回家跟艾迪借旅行袋、回家吃飯，然後再大老遠搭車回曼哈頓，就為了跟葛瑞絲見面一、兩個小時。他到酒吧的時候艾迪還沒到，更增添他的寂寞。他鬱悶地喝著啤酒等他。

艾迪是他最好的朋友，也是最理想的男儐相，因為從他追求葛瑞絲開始艾迪就在場。去年夏天，也就是在這間酒吧，洛夫把第一次約會的經過告訴他：「噢，艾迪——那對**奶子**真了不得！」

艾迪咧嘴笑。「是嗎？那室友怎麼樣？」

「你不會要室友的，艾迪。邋遢，還勢利眼，我覺得。但這個小葛瑞絲——老天，她真的**有料**。」

每次約會好玩成分的一半——甚至超過一半——是事後描述給艾迪聽，偶爾加油添醋，跟艾迪請教策略。但過了今天，包括這個在內的許許多多樂趣都沒有了。葛瑞絲答應婚後每個禮拜至少有一天讓他去男生聚會，儘管如此，也不會跟從前一樣。女生永遠不懂友誼這回事。

酒吧的電視螢幕在播球賽，他隨便看看，喉嚨裡湧起一種失落的悲愴。他這輩子都奉獻給男孩與男人的友誼、試著當個好人，但現在最棒的時光就要結束了。

終於，艾迪僵硬的手指戳了戳他的座椅當作打招呼。「你怎麼說，老兄？」

洛夫瞇著眼不屑一顧，慢慢地轉過身來。「發生什麼事，自作聰明的傢伙，迷路了啊？」

「你——是趕時間還是怎麼樣？」艾迪講話時嘴唇幾乎不動。「等個兩分鐘都不行？」他懶洋洋地坐到高腳凳上，塞了二十五分錢硬幣給酒保。「來一杯，傑克。」

兩人靜靜喝了一會兒，盯著電視。「今天我拿到一點禮金，」洛夫說。「五十塊錢。」

「是嗎？」艾迪說。「不錯。」

打者出局，這一局結束，進廣告。「所以呢？」艾迪說，搖晃杯子裡的啤酒。

「仍然打算要結婚？」

「有何不可？」洛夫聳聳肩說。「聽著，快喝完，我想走了。」

「等一等，等一等。你急什麼？」

「快點，好嗎？」洛夫已經耐不住性子遠離吧台一步。「我想去拿你的袋子。」

「啊，袋子。」

洛夫靠近一步怒視著他。「聽著，別再自作聰明。沒有人**強迫**你借我那該死的袋子，你知道。我並不想讓你傷心或什麼的——」

「好啦好啦，袋子等下會給你。不必擔心。」他把啤酒喝完抹抹嘴。「走吧。」

為了結婚旅行得借袋子，是洛夫的痛處；他寧可買一個自己用。每天晚上他們走到地鐵站的路上會經過一間賣行李箱的店，櫥窗裡陳列了一個很棒的袋子——黃褐色格萊斯頓式大型旅行袋，旁邊有拉鍊口袋，要價三十九點九五美元——從復活節洛夫就看上眼。「我想我會去買，」他告訴艾迪，若無其事的口氣一如一、兩天前他宣布自己訂婚（「我想我會娶那女孩」）。艾迪對這兩個評論的反應都一樣：「你瘋了嗎？」兩次洛夫都說，「有何不可？」為了替買袋子辯護，他還加了一句：「我就要結婚了，會**需要**那樣的東西。」從那一刻起，袋子幾乎等同於葛瑞絲的人，彷彿是個象徵，代表他追求的富裕新生活。然而買完戒指、新衣等種種花費，最後他發現自己負擔不起；解決之道是跟艾迪借他的袋子，樣式差不多但較便宜老舊，旁邊沒有拉鍊口袋。

經過行李箱店時他停下來，忽然有個魯莽的想法。「嘿等等，艾迪。你知道我要拿那五十元禮金做什麼？我想我現在去買那袋子好了。」他覺得有點喘不過氣。

「你——瘋了嗎？四十塊錢的袋子，一年大概只用一次？你瘋了，洛夫。走吧。」

「哎，我不知道。你這麼想？」

「聽著，你最好把錢**省**下來，小子。你會需要的。」

「哎，也對，」洛夫終於說。「你說得有理。」他再次與艾迪並肩同行，往地鐵站走。這就是他這輩子通常碰上的結果；他接受除非賺更多薪水，否則不可能擁有像那樣的袋子——一如當初一點點跡象，就讓他毫無異議地接受只有在婚禮之後他才能占有他的新娘。

地鐵吞噬他們，經過半小時腦子一片空白的搖晃和碰撞，他們終於被吐出到皇后區清爽的傍晚。

他們脫掉外套解開領帶，邊走邊讓微風吹乾汗濕的襯衫。「所以怎麼樣？」艾迪問。「我們明天幾時要出現在那個賓州小鎮？」

「隨便，」洛夫說。「晚上時間都可以。」

「那我們要做什麼？那種鄉下地方到底能做什麼？」

「不知道，」洛夫帶著防衛心回答。「坐著聊天，我猜；跟葛瑞絲的老爸喝啤酒或什麼的；不知道。」

「老天爺，」艾迪說。「哪門子的週末。真了不起。」

洛夫在人行道上停下腳步，忽然間憤怒起來，帶著濕氣的外套被他捏在拳頭裡。「聽著，你這混蛋。沒有人**強迫**你來，你知道——你、馬提、喬治或任何人。你搞清楚這點。來也不是幫**我**什麼忙，懂了嗎？」

「怎麼回事？」艾迪問。「怎麼回事？不過開個玩笑罷了。」

「玩笑，」洛夫說。「你的玩笑可多了。」他踏著沉重的腳步走在艾迪背後，覺得眼淚快掉下來。

他們轉到兩人住家的那條路口，兩排整齊、一模一樣的房子沿路劃開，他們從小在這條街上打架、閒蕩、玩棍子球賽。艾迪推開他家前門，領著洛夫進到前廳，裡頭有鞋套和花椰菜的居家氣味。「進去啊！」他說，用拇指比一比關著的客廳門，待在後頭讓洛夫先進去。

洛夫打開門走進去三步，眼前景象讓他彷彿下巴被人揍了一拳：屋裡鴉雀無聲，擠滿了咧著嘴笑的紅臉男人——馬提、喬治、住同一條街的男孩、辦公室的男生——每個人都在，他的所有朋友，全部站著不動。瘦皮猴麥奎爾彎腰面對直立式鋼琴，張開的手指高高舉在琴鍵上方，當他按下第一個歡樂的和弦，眾人齊聲合唱，用拳頭打拍子，大笑開懷的嘴讓歌詞的發音不準：

「他是個好夥伴
他是個好夥伴
他是個好夥伴
誰也不能否認！」

洛夫疲軟地往後退一步站在地毯上，眼睛瞪得老大，嚥下一口口水，手上拿著外套。「**誰也不能否認！**」大家唱著，「**誰也不能否認！**」副歌唱到第二段時，艾迪的爸爸從餐廳門簾後面走出來，禿頭而紅光滿面，嘴裡唱著歌，兩手各拿了一壺啤酒。最後瘦皮猴用力按下最後一句：

「誰——也——不能——否認！」

所有人湧上前恭喜，抓著洛夫的手、拍他手臂和背，他站著發抖，自己的聲音被噪音蓋過，「老天，你們這些傢伙——謝謝。我——我不知道該——謝謝你們……」

然後眾人分開站到兩側，艾迪緩緩從中間走過來。他微笑的眼裡閃著愛，羞怯的手上掛著那個旅行袋——不是他自己的，而是新的：黃褐色格萊斯頓式，旁邊有拉鍊口袋那個。

「**致辭！**」眾人大喊。「**致辭！致辭！**」

但洛夫說不出話也笑不出來。他的眼睛幾乎看不見。

十點鐘，葛瑞絲開始在屋裡咬著嘴唇走來走去。萬一他不過來呢？他當然會來。她又坐了下來，小心把大腿上尼龍睡袍的皺摺撫平，逼自己冷靜下來。萬一她緊張起來就毀了。

門鈴的聲音像電殛。走到門口的半路上她停下來，深呼吸，讓自己安定。然後她按下開門鍵，把大門打開一個縫看他上樓梯。

當她看見他拿著旅行袋，看見他上樓時蒼白臉上的嚴肅，一開始她以為他知道；他來是準備好鎖上門擁她入懷的。「你好，達令。」她輕聲說，把門再打開了一點。

「嗨，寶貝。」他經過她身邊，往裡頭走。「我猜我來晚了，是嗎，你已經睡著了？」

「沒有。」她關上門，背靠在門上，雙手在她柔弱的背後握著門把，電影裡的女主角都這樣關門。「我只是在——等你。」

他沒看她。他走到沙發坐下，旅行袋放在膝頭，手摸著袋子表面。「葛瑞絲，」他說，聲音很輕。「你看這個。」

她看了一下，然後再看他悲慘的雙眼。

「你記得，」他說，「我跟你說過我想買的那個旅行袋？四十塊錢？」他停下來環顧屋內。「嘿，瑪莎呢？她睡了嗎？」

「她出去了，達令，」葛瑞絲說，慢慢向沙發移動。「她整個週末都不會在家。」她在他身邊坐下，靠近他，給他一個瑪莎的特別微笑。

「哦，是嗎？」他說。「總之，聽我說。我本來說我要跟艾迪借他的袋子，記得嗎？」

「對。」

「嗯，今晚在白玫瑰的時候我說，『走吧，艾迪，我們去你家拿你的袋子。』他說，『啊，袋子。』我說，『怎麼回事？』但他沒說什麼，你知道？於是我們去他家，客廳門是關著的，你知道？」

她扭著往他身邊靠，頭放在他胸口。他的手臂自動舉起放在她肩膀上，繼續說話。「他說，『進去啊，洛夫，把門打開。』我說，『怎麼回事？』他說，『你別管，洛夫，開門就是。』於是我打開門，老天爺。」他的手指用力抓緊她的肩膀，令她警覺地抬頭看著他。

「大家都在，葛瑞絲，」他說。「全部的人。彈鋼琴，唱歌，歡呼——」他的聲音在抖，他眨了眨眼睛閉上，眼睫毛濕了。「盛大的驚喜派對，」他說，試著微笑。「為了我而舉辦。還有什麼比這更棒的，葛瑞絲？然後——然後艾迪走出來——艾迪走出來把這給我。我已經想要好久的袋子。他花自己的錢買的，什麼都沒說，就當作驚喜送給我。『拿去，洛夫，』他說。『只是要讓你知道，你是全世界最棒的傢伙。』」他的手指又抓緊，一邊發抖。「我哭了，葛瑞絲，」他輕聲說。「我控制不住。那些傢伙應該沒有看到，但我在哭。」他偏過頭，費力控制自己的嘴唇，不讓自己掉淚。

「你要喝一杯嗎，親愛的？」她溫柔地問他。

「不了，沒關係，葛瑞絲。我沒事。」他輕輕把旅行袋放在地毯上。「但給我一支菸好了。」

她從茶几上拿了一支菸，放到他嘴唇點上。「我倒杯酒給你。」她說。

他皺著眉頭吐煙。「你有什麼，那個雪莉酒嗎？不，我不喜歡那個。反正我已經一肚子啤酒了。」他往後靠閉上眼睛。「然後艾迪的媽媽餵我們一頓大餐，」他繼續說，現在語調幾乎正常。「有**牛排**；有**薯條**——」他的頭靠在沙發椅背，隨著每一道菜而轉動一下。「——生菜番茄**沙拉**、**醃黃瓜**、**麵包**、**奶油**——什麼都有。全套大餐。」

「嗯，」她說。「真是不錯。」

「之後還有冰淇淋和咖啡，」他說，「然後是喝不完的啤酒。我是說，擺了滿桌子。」

葛瑞絲用手順過自己大腿，一邊撫平尼龍皺摺，一邊把掌心的濕氣擦乾。「他們人真的很好。」她說。兩人靜靜坐著，感覺好像過了很長一段時間。

「我不能待太久，葛瑞絲，」洛夫終於說。「我答應要回去。」

她的心在尼龍睡袍下撲撲跳。「洛夫，你——喜歡這個嗎？」

「什麼東西，蜜糖？」

「我的睡袍，本來是婚禮之後才能讓你看，但我想說——」

「很棒，」他說，像商人一樣用拇指和食指觸摸輕薄的材質。「很棒，你花了多少錢，蜜糖？」

「噢——不知道。但你喜歡嗎？」

他親了她一下，終於開始用手愛撫她。「很棒，」他一直說。「很棒。嘿，我喜歡這個。」他的手在低領口處猶豫了一下，然後伸進去握住她的乳房。

「我真的愛你，洛夫，」她輕聲說。「你知道的，對嗎？」

他的手指捏了她的乳頭一下，然後很快抽出來。幾個月來的限制和習慣實在難以改變。「當然，」他說。「我也愛你，寶貝。你乖乖睡你的美容覺，我們早上見。好嗎？」

「哦，洛夫，別走。留下來。」

「啊，但我答應那些傢伙了，葛瑞絲。」他站起來把衣服拉好。「他們在家裡等我。」

她猛然站起來，她壓抑的嘴唇發出了女人乞求的哭喊，也是妻子的訴怨：「不能叫他們等一下嗎？」

「你瘋了嗎？」他退後一步，眼睛理所當然的瞪得很圓。她一定要體諒。如果婚前她就這樣，婚後要怎麼辦？「你行行好吧，今天晚上你還要叫他們等我？他們**為**我付出這麼多了！」

有一、兩秒的時間，他從來沒看過她的臉這麼不好看，終於她又設法微笑。「當然不會了，達令。你說得對。」

他再度向前，輕輕用拳頭掃過她的下巴，微笑著，現在他是疑慮消除的丈夫。「這樣才對，」他說。「那我明天早上在賓州車站跟你碰面，九點鐘。好嗎，葛瑞絲？對了，在我走之前——」他眨眼拍了一下肚皮。「我喝了一堆啤酒。可以用一下你的促所？」

他從廁所走出來，她正等著跟他說晚安。她站著把手交叉放在胸前，彷彿為了取暖。他鍾愛地拿起旅行袋，走到站在門口的她身邊。「那就這樣，寶貝，」他說，親了她一下。「九點鐘，別忘了。」

她疲憊地笑，為他開門。「別擔心，洛夫，」她說。「我會到。」

Jody Rolled the Bones

裘蒂擲骰子

Jody Rolled the Bones

瑞斯中士是個瘦而寡言的田納西人，穿起操作服總是整齊好看，他跟我們預期中步兵排長的模樣有別。我們很快就知道他是那種典型的——幾乎可說是原型——三十多歲、輾轉加入正規軍，一直待到後來變成大戰訓練中心的幹部，但當時他的確令我們吃驚。我們都很天真，我想大家預期的是維克多．麥克拉葛蘭[1]那一型——結實、咆哮、強硬但可親，好萊塢傳統。瑞斯是強硬，但他從來不咆哮，我們也不覺得他可親。

從第一天起，他就把我們的名字唸得一塌糊塗，讓我們跟他保持距離。我們都出身紐約，大部分姓氏的確需要一點努力才能唸對，但瑞斯讓我們看見他被徹底打敗。他削瘦的五官對著名冊皺成一團，小鬍子隨著每個陌生母音而抖動。「迪——迪艾利斯（Dee Alice）——」他結結巴巴地唸，「迪艾利斯——」

「有，」達利山卓（D'Allesandro）說，接下來每個名字幾乎都是一樣情形。一度，他與夏克特（Schacht）、史哥格里歐（Scoglio）、西斯科維奇（Sizscovicz）纏鬥之後來到史密斯（Smith）。「嘿，史密斯，」他說，抬起頭露出一個不迷人的微笑。「你跟這些流氓混在一起做什麼？」沒有人覺得好笑。完畢之後，他把寫字板夾在腋下。「我叫瑞斯中士，我是你們的步兵排排長。也就是說，我叫你們做什麼，你們就做。」他好好把我們打量了一眼。「全排注意！」他厲聲說，橫膈膜一跳。「立正！」他的暴政就此開始。到那天結束，以及之後的許多天，我們已經在腦海裡確定他是個，套一句達利山卓的話，白痴叛軍混蛋[2]。

不過我最好指出，我們也不是多可愛的一群。十八歲、人數剛好湊滿一排、迷糊的城市小孩，決心漠然面對新兵訓練。這年紀的男孩表現漠然或許不尋常——肯定也不討人喜歡——但這是一九四四年，戰爭不再是新鮮事，憤憤不平的心態才流行。對軍旅生活投入熱情，只代表你是個搞不清楚狀況的小子，沒有人想這樣。或

注1／
Victor McLaglen：生於英國，曾為拳擊手及軍人，改行演員之後以《告密者》（The Informer）獲得一九三五年奧斯卡最佳男主角。

注2／
叛軍（Rebel）大寫時是指美國內戰期間擁護南方蓄奴州的人。

許我們偷偷渴望上戰場，或被授勳，但表面上我們是厚顏無恥看遍一切的年輕人。試圖把我們變成阿兵哥一定難如登天，瑞斯倒楣該做這件事。

當然了，一開始我們沒想到這一面。我們只知道被他操得很兇，而我們恨死了他。我們很少見到連上中尉，一個學院出身的臃腫年輕人，偶爾出現，一來就會強調如果我們跟他合作，他也會跟我們合作。見到連長的次數更少（我幾乎不記得他的長相，只記得他戴眼鏡）。但瑞斯隨時都在，鎮定又傲慢，說話只為了下命令，笑是因為殘酷的理由。我們從觀察其他排得知他特別嚴格；比如，他有自己的方式限定水分補給。

當時是夏天，營地攤在酷熱的德州太陽下。讓我們清醒撐到傍晚的是大量供應的鹽片[3]；疲勞變成鹽從汗排出，乾了以後成為皮膚上的白色鹽紋。我們總是口渴，但軍營飲用水得從好幾哩之外的山泉運來，因此一直有節約用水的現行命令。大部分士官自己也渴到不至於嚴格執行命令，但瑞斯把它放在心上。「如果你們學不會當兵，」他會說，「那你們會學到用水規定。」水放在利斯特氏袋[4]裡，像鼓脹的帆布乳房，以固定間隔距離掛在路邊，雖然微溫又有刺鼻化學味，但每天早上和下午的高潮就是獲准休息拿水壺去裝滿水。其他排都是爭先恐後攻擊利斯特氏袋，不斷對著小小的鋼鐵乳頭下手，直到水袋乾癟皺起，剩幾滴黑水滴到下面的塵土。我們不是。瑞斯認為一次裝半罐對任何人而言已經足夠，他會站在利斯特氏袋旁冷酷無情地監視，讓我們成兩列順序行事。如果有人拿著水壺在水袋下待太久，瑞斯會中止一切，拉那個人出列，說：「倒掉。全部。」

「鬼才會倒出來！」某天達利山卓對他吼回去，我們全都興沖沖，站著看兩人在炫目的熱度下怒視對方。達利山卓是個強壯結實的年輕人，有一對炯炯有神的黑眼珠，幾個禮拜之內就成了我們的代言人；我猜他是唯一有膽上演這場景的人。

「你以為我是什麼，」他大吼，「該死的**駱駝**嗎，跟你一樣？」我們都笑了。

瑞斯要我們其餘人肅靜，我們安靜之後，他轉向達利山卓，瞇眼舔自己乾澀的嘴唇。「好吧，」他沉著地說。「喝完。全部喝掉。其他人離水袋遠一點，不准碰自己的水壺。我要你們統統看著。快啊，喝掉。」

達利山卓咧嘴給我們一個緊張的勝利微笑，開始喝，換氣時才停下來，水滴到他的胸口。「喝，」他一停下來瑞斯就喝斥。看著他讓我們渴得要命，但我們逐漸

注3／
大量流汗時服用鹽片可補充流失的電解質，預防慢性疲勞及抽筋。

注4／
Lister bag，也做Lyster bag。美軍在一九一〇年研發將水氯化作為飲用水的技術，後來經由利斯特上校改良為添加次氯酸鈣，利氏的方法成為軍中標準，因而有利斯特氏袋一詞。

了解是怎麼回事。水壺空了之後，瑞斯命令他再裝滿。他照做，雖然還在笑，但看起來有點不安。「現在把那喝掉，」瑞斯說。「快一點。」當他上氣不接下氣喝完，空水壺拿在手裡，瑞斯說：「現在拿著你的頭盔和來福槍。看見那邊的營房了嗎？」遠處一棟白色建築物在閃爍，距離一、兩百碼。「現在跑步到營房，繞一圈再跑回來。你的同袍在這邊等你；在你回來以前大家都不必喝水。好，現在，行動。**行動。跑步。**」

出於對達利山卓的忠誠，我們沒有人笑，但他踩著笨重的腳步跑過操場，頭盔晃動的模樣的確荒謬。我們看見他在抵達營房前停下來，低著頭，把水吐出來。然後搖搖晃晃繼續跑，變成遠處飛塵裡的一個小人，消失在建築物之後，再從另一頭出現，開始漫長的回程。最後他終於抵達，癱倒在地。「現在，」瑞斯輕聲說。「喝夠了嗎？」這時我們剩下的人才允許用利斯特氏袋，一次兩個人。大家都輪完之後，瑞斯敏捷地蹲下，幫自己裝了半壺，一滴不漏。

這就是他會做的事，日復一日。如果有人說他只是職責所在，我們的反應是全體來一個長長的布朗克斯式歡呼[5]。

我想我們第一次短暫緩和對他的敵意，是發生在訓練週期之初。一天早上，某個指導教官，一個高大魁梧的中尉，試著教我們刺刀術。我們相當肯定在未來即將參與的大型現代戰事中，應該不會用到刺刀術來作戰（如果真的會，到時我們是否精通閃避和推刺的技巧，大概也不會起多大作用），因此，當天早上我們的懶怠甚至比平時更純正。我們讓指導教官講他的，然後站起來笨拙地照他的概述擺出各種姿勢。

其他排做得跟我們一樣糟，面對一整連的無能，指導教官抹了抹嘴。「不對，」他說。「不，不，你們完全沒概念。退回自己的位置坐下。瑞斯中士，請你到前面中央。」

瑞斯本來跟其他排長一如往常無聊地坐成一圈，對講課漠不關心，但他立刻起立向前。

「中士，請你讓他們看看刺刀術是怎麼回事，」指導教官說。打從瑞斯舉起裝了刺刀的來福槍那一刻起，我們就知道會大開眼界，無論是否心甘情願。那感覺像是看球賽時一個強擊手在選球棒。在指導教官的命令下，他俐落地做出各個姿勢，

注5／
舌頭放在嘴唇中間吹氣喝倒彩。

或像雕像般靜止不動，由指導教官在他身邊屈膝繞行講解，指出體重分布和四肢角度，說明應該要這麼做。最後是演出的高潮：指導教官讓瑞斯演練全套刺刀術。他迅速做完，從頭到尾保持平衡，沒有多餘的動作，用來福槍托把木頭肩膀敲下不少木塊，刺刀深深陷入木棒捆成的顫抖軀體，再拔出來對付下一個。他真的很行。如果說我們因此敬佩他就太過頭，但看到一件事完美執行讓人有種快感。其他排顯然也十分欽佩，儘管我們這排沒人說話，但我想我們都有一點以他為傲。

然而那天接下來的是密集隊形行軍，排長有絕對的命令權，半小時之內，瑞斯的不斷找碴又讓我們公開對他不滿。「是怎樣，」夏克特在排裡抱怨，「他以為自己現在多了不起了，就因為他很會耍那套白痴刺刀術？」我們其餘人因為方才差點被感動而微微感到羞愧。

當我們終於改變對他的想法，似乎也不是因為他做了什麼，而是某個經驗改變我們對軍隊的看法，也改變對自己的看法。就是氣槍打靶，整個訓練裡唯一讓我們真正享受的。經過無數小時的軍事訓練和柔軟體操、大太陽下單調無聊的講課，以及悶熱隔板建築物裡看不完的訓練影片，我們相當期待能夠出去射擊，真正去了之後也的確好玩。那是種直接的快感，伸開四肢俯臥在築堤射擊線，來福槍拖靠著臉頰，油亮亮的彈藥在手邊；瞇眼望向開闊大地遠處的目標，等待擴音器裡緩慢又有節奏的聲音發布施令。「右邊準備。左邊準備。射擊線準備——旗幟舉起，旗幟飄揚，旗幟放下。預備——**射擊！**」耳邊傳來許多爆炸聲，扣下扳機屏息的一刻，開槍之後的震動。然後，放鬆看著遠處的目標向下滑，由看不見的手在坑裡控制。過了一會兒它再次出現，一個彩色圓盤一齊被推出來，搖了一下之後再撤回，示意你的分數。拿著分數卡跪在後面的人便咕噥「射得好」或「不好」，臥在沙上的你侷促不安，再次瞄準。軍隊裡只有這件事激起我們的競爭本能，讓我們想要表現得比其他排更好，因而引發類似團隊精神的東西。

我們在靶場花了一個禮拜左右的時間，每天一大早離開，在外待一整天，午餐在戰地廚房吃，跟食堂比起來也是令人耳目一新的改變。另一個好處——剛開始似乎是最棒的一個——去靶場可以暫時脫離瑞斯排長。他帶我們行軍過去和回來，在兵營裡監督我們清理來福槍，但白天的大部分時間則把我們交給靶場人員，他們是公事公辦而友善的一群，比較在乎槍法，不太管小鼻子小眼睛的規定。

只要是瑞斯負責的時間裡，他還是有許多機會欺壓我們，然而在靶場待了幾天，我們發現他緩和了一些。比如說，走在路上報數時，他不再逼我們不斷重複且一次比一次大聲，直到我們喊「一，二，三，四！」到喉嚨啞掉。他會像其他排長在一、兩次之後停止，一開始我們不知該做何反應。「怎麼回事？」我們面面相覷。我猜那回事就是我們總算有一次就做對了，聲音夠大、協調一致。我們的行軍做得好，瑞斯用這種方法讓我們知道。

到靶場的路有好幾哩，其中穿越營區的一大段必須以常行軍進行——要到過了連隊最後一條通路和建築物，我們才獲准便步行軍。但自從我們行軍有了效率，這幾乎成了令人享受的事，甚至還熱烈回應瑞斯的行軍口號。他向來習慣在我們報數之後，會來一首傳統的歌唱答數，需要我們大喊回答，從前讓我們厭惡得很；然而現在歌謠似乎變得特別震撼，這些正統民謠來自舊時的軍隊和舊時的戰爭，深植於某種我們逐漸開始了解的生活。他會從延長他的鼻音開始「左……左……左」一直到變成一首悲傷小調：「你拋下了一個美滿的家——」對此我們會回答，「**右！**」右腳隨之落地。同樣主題有好幾個變化：

「你拋下了一份好工作——」

「右！」

「你拋下了一個好女孩——」

「右！」

然後他會把曲子稍微變化：「你離開時裘蒂擲骰子——」

「右！」我們回以軍人的整齊呼聲，大家都能明白歌詞的意義。裘蒂是那個不守信用的朋友，擲骰子般的機會把你珍惜的一切全都給了這一介軟弱平民；接下來的歌詞是一連串嘲諷對句，清楚顯示他永遠是笑到最後的人。你可以行軍、開槍、把紀律的力量發揮到最大，但裘蒂是無法被控制的力量，多少個世代的驕傲寂寞的男人，如同眼前這位優秀的軍人，被迫面對這個事實。此刻他在太陽下與我們的行列大搖大擺同行，扭曲的嘴巴大喊著歌詞：「回家也沒有用——裘蒂已經帶著你的女孩跑了。報數——」

「一，二！」

「報數——」

「三，四！」

「每一次撤退，裘蒂就多一塊肉。報數——」

「一，二！」

「報數——」

「三，四！」到營區外圍他讓我們便步行軍，簡直令人失落，我們又成為獨立個體，頭盔往後推，胡亂踏步前進，把整齊劃一的唱歌答數拋諸腦後。疲倦又滿身灰塵地從靶場回來，射擊的噪音還在耳朵裡響，在旅程的最後一段回到正規答數令人心曠神怡，我們抬頭挺胸，用咆哮劃開涼爽的空氣。

飯後的傍晚，我們花許多時間照瑞斯的要求仔細清理來福槍。我們工作時，軍營裡撲鼻都是油和清潔劑的好聞味道，做到符合瑞斯要求之後，我們便移動到前門台階抽菸，輪流等著沖澡。某天晚上我們幾個逗留在外的比平時還安靜，我想，是因為發現平時抱怨不公的閒聊忽然變得不合時宜，不符合最後這幾天眾人開始感受到的奇異幸福感。終於，佛格蒂（Fogarty）把心情付諸字句。他是個瘦弱嚴肅的男孩，本排的矮冬瓜，也是笑柄，我猜他放下心防也沒什麼好損失的。「啊，不曉得，」他說，嘆口氣往後靠著門框，「不知道你們怎麼想，但我喜歡——外出到靶場，行軍什麼的。讓人覺得真正在當兵，你們知道我意思吧？」

說這句話危險而天真——「當兵」是瑞斯最愛掛在嘴上的詞——我們不置可否地看了他一秒鐘。但接著達利山卓面無表情地看了眾人一輪，看誰敢笑，於是大家放鬆下來。當兵變成一個可敬的想法，而由於這個詞和這個想法在我們腦子裡和瑞斯排長無法分家，於是他也成為可敬之人。

沒多久，這改變感染了全排。現在我們和瑞斯合作而不是對抗，真正在嘗試而不是假裝嘗試。我們想當阿兵哥。有時候，我們努力的程度肯定看起來荒唐，或許還會讓一個小人以為是開玩笑——我還記得每回他下命令時我們誠摯地齊喊「好的，排長」——而瑞斯一本正經地接受，那股無限的自信，是好領袖的第一要件。他的公平一如他的嚴格，這肯定是領袖的第二要件。比如，在指派臨時班長時，他略過好幾個為得到他認可願意去舔他鞋子的人，而選了他知道會讓我們敬重的人——達利山卓是一個，其他的也都選得很好。他的其餘方法經典而簡單：以身作則，從清理來福槍到捲襪子，都是最優秀的表現，我們跟隨並模仿他。

但優秀容易讓人讚賞，卻不容易喜歡，瑞斯拒絕讓自己討人喜歡。這是他唯一的弱點，也是要命的一個，因為少了感情的尊重沒辦法持久——至少，牽扯到青少年心態的時候。瑞斯限制自己的仁慈就像限水：我們或許珍惜得到的每一滴，但得到的從來不夠，無法讓人解渴。我們很高興他忽然在點名時把我們的名字唸對，也注意到大部分時候他訓斥時不再出言羞辱，因為這些跡象代表了我們作為阿兵哥的成長，但還是覺得我們有權期待更多。

我們也很高興發現，連上那位胖中尉會怕他；中尉在場時瑞斯臉上的不屑表情，或是那年輕軍官說「好的，中士」的聲調——不自在，幾乎帶著歉意——都讓我們快藏不住笑。這拉近我們與瑞斯的距離，一種驕傲的袍澤之情，有一、兩次他在中尉背後對我們使個致意的眼色，但也就那麼一、兩次而已。或許我們模仿他的走路和瞇眼瞪視、把褐色夏季軍服的上衣改得很緊像他一樣，甚至接收他說話的習慣，包括他的南方口音，但我們從不認為他是個好好先生。他就不是那種人。他只要求工作時間內正規服從，我們也幾乎不知道他是什麼樣的人。

當他罕見地傍晚還留在營裡，他會一個人，或是跟一、兩個同樣沉默寡言難接近的幹部，在福利社喝啤酒；大部分晚上和週末他消失在鎮上。我確信沒有人期望他把休閒時間拿來跟我們相處——從來沒有人這麼想過——但能夠稍微一窺他的私生活會有幫助。舉例來說，假使他對我們回憶起家鄉，或聊一聊他跟福利社朋友的對話，或是告訴我們鎮上哪一家酒吧是他喜歡的，我想我們都會感激涕零，但他從來不曾這麼做。更糟的是，我們跟他不同，完全沒有真正的生活，有每天的例行公事。小鎮是牆板與霓虹燈組合而成的塵土迷宮，到處都是阿兵哥，無論再怎麼昂首闊步於鎮上的街道，對我們大部分人而言都只帶來寂寞。可以去的地方不夠多；無論那裡有什麼好玩的事，祕密都留在先發現的人手裡。如果你年輕、害羞、又不確定自己要找什麼，那裡是個荒涼地方。你可以待在聯合服務組織[6]，或許有機會跟女孩子跳一會兒舞直到下面硬起來，用乳臭未乾的方式求愛；你可以勉強接受西瓜攤和遊樂場的枯燥娛樂，或是一群人漫無目的地在暗巷徘徊，照例總會碰到另一群漫無目的徘徊的阿兵哥。「所以你們想**做**什麼？」我們急著互問，唯一的答案是，

注6／

USO，提供服務和娛樂節目給軍方的非營利組織。

「呃，不知道。閒逛一下，我猜。」我們通常喝啤酒喝到醉，或是吐，搭巴士回到軍營，感謝明天又是有秩序的一天。

因此我們的情感生活向內發展，大概也不令人意外。我們像沮喪的郊區主婦，吸收消化彼此的不快；我們分裂成壞心的小圈圈，再細分成猜忌變動的兩兩成群，用閒言閒語拼湊起閒賦無事。大多數的閒話可以自給自足；至於來自其他排的消息，我們就仰賴連上的辦事員：他友善、不愛活動，喜歡在食堂裡，小心端著一杯咖啡，到每張桌子散布謠言。「我從人事部聽說，」是他的引言，然後講起關於某遙遠高階軍官的不太可能為真的傳言（上校有梅毒；矮胖指揮官躲掉一個戰鬥任務；訓練課程被砍，我們一個月內會被派到海外）。但某個禮拜六中午，他講了一件不太遙遠的事；他從自己的連部辦公司聽來，好像是真的。他跟我們說，幾個禮拜以來，胖中尉一直設法讓瑞斯調職；現在似乎快成了，下禮拜可能是瑞斯當排長的最後一個禮拜。「他的日子不多了。」辦事員陰鬱地說。

「什麼意思，調職？」達利山卓問。「調到哪裡？」

「小聲一點，」辦事員說，不安地往士官們的桌子看了一眼；瑞斯無動於衷地低頭吃東西。「不知道，那部分我不曉得。總而言之這是一筆爛交易，可知道，你們家的是營裡最棒的排長。事實上，他太強了；這就是他的麻煩。強到讓半吊子少尉無法應付。在軍隊裡，太強不是好事。」

「你說得對，」達利山卓嚴肅地說。「沒有好處。」

「噢？」夏克特瞇眼詢問。「是這樣沒錯嗎，班長？你倒是說說看，班長。」我們這桌的談話退化成俏皮話，辦事員離開。

瑞斯一定是跟我們同時聽到這傳聞的；無論如何，那個週末他忽然行為大變。去鎮上之前，他緊繃的表情看起來像是有計畫地打算喝醉，禮拜一早上他差點錯過起床號。雖然他幾乎每個禮拜一早上都宿醉，可是從來不影響他白天的工作；他總是在場，用憤怒的口氣叫我們起床出操。但這一次，我們著裝時軍營裡安靜得奇怪。「嘿，他不在**裡面**，」某人從樓梯旁瑞斯的房門裡喊道。「瑞斯不在。」班長們令人欽佩地立刻採取主動，好言相勸或用手戳，到我們全滾到外面的黑暗中站好隊形，幾乎就跟瑞斯監督時一樣快。但巡邏的夜間值星官已經發現瑞斯不在，跑去叫醒中尉。

起床號時尉官很少在場，尤其是禮拜一，但現在連上沒有領袖，中尉從營房旁邊小跑步過來。我們藉著建築物的燈光看見他襯衫釦子只扣了一半，頭髮凌亂；他一副剛睡醒的腫脹，滿臉困惑。他邊跑邊說，「好，你們，呃——」

所有班長吸口氣正要命令我們立正，但才參差不齊地喊了個「立——」，瑞斯就從微光中出現，站到中尉之前，說：「全排！立——正！」他來了，雖然跑步讓他有點喘，昨晚穿皺的夏季軍服也還沒換，但顯然能發號施令。他就各排點名，然後以正規軍的華麗方式踢腿做了個向後轉，完美轉了一圈面對中尉行禮。「全員到齊，長官。」他說。

中尉震驚到只能回禮，馬馬虎虎回了一句：「好的，中士。」我想他覺得自己連「下次不要再犯」這句話都說不出口，畢竟，也沒發生什麼大事，除了他從床上被挖起來參加起床號。而我猜他一整天都在思索自己是否該責備瑞斯服裝不整，當他轉身回自己的駐紮處，看起來已經為這件事在煩惱了。解散之後，我們的隊伍爆出一陣如雷的笑聲，他假裝沒聽見。

但瑞斯中士很快就毀了笑話。他甚至沒有謝謝班長們幫忙他脫身，那一整天裡，他不斷挑剔一些小細節，我們還以為那個階段早就過去了。在操場上，他抓著小佛格蒂問：「你最後一次刮鬍子是什麼時候？」

佛格蒂跟大部分的人一樣只長了幾根細毛，幾乎沒有刮鬍子的必要。「大約一個禮拜前。」他說。

「大約一個禮拜前，排長。」瑞斯糾正他。

「大約一個禮拜前，排長。」佛格蒂說。

瑞斯拉長他的薄嘴唇。「你看起來像條亂糟糟的雜種母狗，」他說。「你不知道鬍子每天都要刮嗎？」

「我沒那麼多鬍子可以每天**刮**。」

「沒那麼多鬍子可以每天刮，排長。」

佛格蒂吞了口口水，眨眼睛。「沒東西刮，排長。」他說。

我們都失望透頂。「他以為我們是什麼，」中午時夏克特問，「一群菜鳥？」達利山卓發出叛變的哼聲表示同意。

嚴重宿醉或許能解釋瑞斯當天的行為，但無法說明隔天和後天的事。他沒來由地不斷欺壓我們，毀了幾個禮拜以來他小心建立的一切；我們對他的微妙尊重就這樣崩潰。

「事情成定局了，」週三晚餐時辦事員嚴肅地說。「命令已經下來，明天是他最後一天。」

「所以呢？」夏克特詢問。「他要被調去哪裡？」

「小聲點，」辦事員說。「以後他會跟指導教官一起工作，半數時間在野營地，半數時間教刺刀術。」

夏克特笑了，用手肘推了達利山卓一下。「該死，」他說，「正合他意，不是嗎？尤其是刺刀術，那混蛋每天都能炫耀，他一定會喜歡。」

「你們開什麼**玩笑**？」辦事員氣憤地問。「喜歡才怪。那傢伙愛他的工作。你們以為我是隨便說說的？他**愛**他的工作，被調職爛透了。你們這些小子人在福中不知福。」

達利山卓瞇眼接招。「是嗎？」他說。「你這樣想？那你該看看他這禮拜出操的行為。每一天。」

辦事員鄭重向前，以至於咖啡撒出來一點。「聽著，」他說。「他知道這件事已經一個禮拜了——不然你**要**他怎樣？要是**你**知道某人準備奪走你最愛的東西，你會怎麼反應？你們看不出來他壓力很大？」

我們全部惡狠狠瞪了他一眼，告訴他這不是身為叛軍混蛋的藉口。

「你們這些小子太自以為是了。」辦事員說，慍怒離開。

「啊，不要聽什麼就信什麼，」夏克特說。「等他真的被調職再說。」

結果是真的。當晚瑞斯在房裡，跟一個親近的同伴喝悶酒到深夜。我們在黑暗中聽見模糊的低語，偶爾傳來威士忌酒瓶的碰撞聲。隔天出操他對我們既不嚴格也不客氣，但沉默而疏離，彷彿若有所思。晚上行軍回去之後，他讓我們在軍營前稍息站了一會兒才讓我們解散，焦躁的眼神似乎輪流探測我們的臉。然後他開口說話，用一種我們從沒聽過的柔和語氣。「今天以後我不會再看到你們，」他說。「我被調職。軍隊裡有一件事可以肯定，就是你要是找到一件喜歡做的事，喜歡的工作，肯定會被調走。」

我想我們都被感動了——我知道我有；這是他最接近說他喜歡我們的一句話。

但已經太遲。無論他現在說什麼或做什麼都已經太遲，我們只感到解脫。瑞斯彷彿感覺到這點，似乎沒有打算把原本要說的話說完。

「我知道我沒必要發表演說，」他說，「我也沒這個打算。我只有一件事要說——」他往下看著自己蒙塵的軍靴。「我要祝大家一帆風順。規矩點，別惹上麻煩。」下一句話幾乎聽不清楚。「不要讓別人欺負。」

一陣短暫而痛苦的沉默，就像幻滅的愛人要分開。然後他挺胸站好。「全排，立——正！」他再一次用沉重而閃爍的目光看我們。「解散。」

當晚我們用餐回來，發現他早已打包好行軍背袋離開了。我們甚至沒能跟他握手道別。

新排長隔天早上到，一個矮胖、樂天、來自皇后區的計程車司機，堅持我們直呼他的名字，魯比。他是徹頭徹尾的好好先生，一有機會就讓我們在利斯特氏袋下自便，還笑著偷偷告訴我們，他因為有朋友在福利社工作，因此他的水壺裝的常常是可樂加碎冰。他是個懶散的教官，行軍時只有經過軍官面前才叫我們答數，也不叫我們唱什麼歌，除了一首版本不全的〈萬里拱照百老匯〉，他熱烈領頭唱，雖然歌詞記不齊。

經過瑞斯之後，我們花了點時間才習慣他。有一次中尉來到軍營，例行性給我們關於合作的談話，照常以「好的，中士」作結，魯比的大拇指塞在彈帶裡，舒服閒散地說：「各位，希望大家都有好好聽見中尉的話了。我想我可以代表自己和大家說，中尉，我們會跟你合作，就像我之前說過的，我們這一排知道誰是好好先生。」

這一席話，跟瑞斯的沉默輕蔑同樣把中尉搞得不知所措，他只能紅著臉結結巴巴說：「噢，呃——謝謝你，中士。呃——我想就這樣吧。繼續努力。」等到中尉一離開視線，大家立刻大聲發出作嘔的聲音，捏著鼻子或是做出鏟土的動作，彷彿我們踩在及膝的糞便堆裡。「老天爺，魯比，」夏克特大喊，「**你**幹麼這樣寡廉鮮恥啊！」

魯比聳肩雙手一攤，好脾氣地笑笑。「為了生存，」他說。「為求生存啊，不然呢？」他滔滔不絕地為自己辯護，以蓋過我們愈來愈大的奚落聲。「怎麼樣？」他盤問。「怎麼樣？你們難道以為他不是用同樣的態度對上尉，上尉還不是一樣對營長？聽好，你們學聰明點吧，**每個人**都這樣！**大家**都這麼做！不然你們以為軍隊怎麼**運作**？」最終他以計程車司機的無動於衷打發掉這個話題。「好吧，好吧，**你們**等著看，以後就知道了。等你們在軍隊裡待得跟我一樣久再說話。」但這時我們已經和他笑成一片；他贏得了我們的心。

傍晚，我們在福利社圍著他坐，他在一堆啤酒瓶後面，比手劃腳用輕鬆而我們能了解的平民語言跟我們說話。「我有個妹夫，一個聰明的混蛋；你們知道他如何離開軍隊的？知道他怎麼離開的嗎？」接著便是一個吸引人但不可置信的變節故事，期待中的唯一反應是笑。「當然！」魯比會堅稱，一邊笑。「你們不相信我？你們不信是嗎？我知道還有一個人，那才真的是聰明——我告訴你們，這混蛋**真是**了不得。你們知道他怎麼脫身的？」

偶爾我們的忠誠度會動搖，但不會維持太久。某天晚上我們一群人坐在台階上，慢吞吞地抽菸等著去福利社，開始長篇大論地討論到——彷彿為了說服自己

——魯比讓我們的生活愉快許多。「嗯對，」小佛格蒂說，「但是，不曉得，跟著魯比不太像在當兵。」

佛格蒂第二次讓我們陷入短暫困惑，而再一次的，又是達利山卓揮開疑雲。

「然後呢？」他聳肩說。「誰想當兵啊？」

說得太完美了。現在我們可以對地上吐口水，從容不迫，鬆一口氣寒著背往福利社走，確信瑞斯中士不會再縈繞我們心頭。誰想當兵啊？「**我**才不要，」每個人的心裡都在說，「我這膽小鬼才不要。」光是一個輕蔑就足夠美化我們的態度。反正，從頭到尾我們需要的也只是態度，這比瑞斯嚴格要求的信條要容易接受得多。我猜，這代表訓練結束之後，營裡出來的這群無恥而自作聰明的傢伙，將會被分派編入到龐大而混亂的美軍，但至少瑞斯不會看見；會在乎的人或許只有他一個。

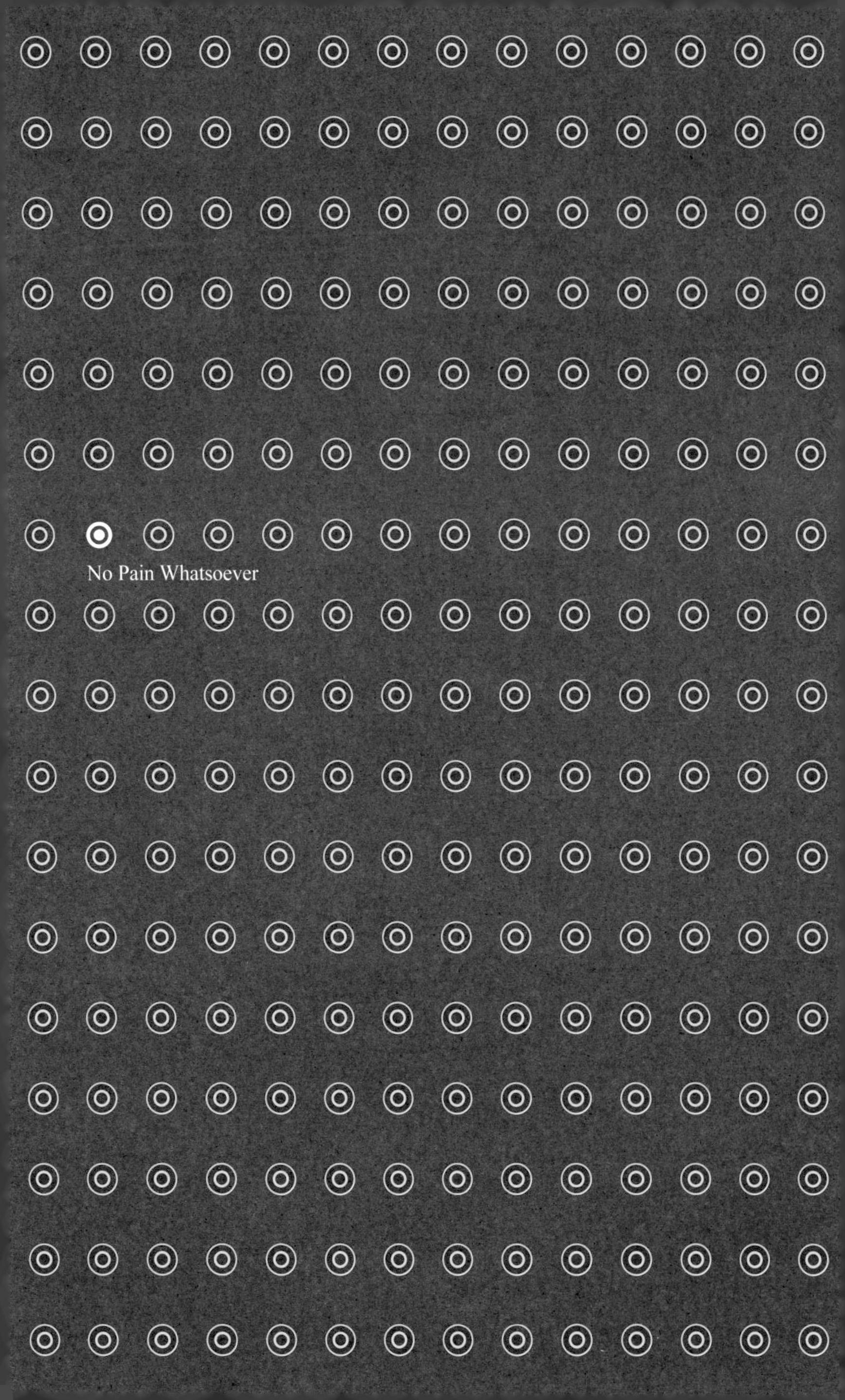
No Pain Whatsoever

完全不痛

No Pain Whatsoever

後座的麥拉坐直身體，撫平裙子，推開傑克的手。

「好了，寶貝，」他低聲笑著說，「放輕鬆。」

「你才放輕鬆，傑克，」她告訴他。「我說真的，從現在開始。」

他收回手，但手臂仍懶洋洋地放在她肩上。麥拉不理他，逕自看著窗外。現在是十二月底的禮拜六傍晚，長島的街道看起來停滯；髒兮兮的雪塊被鏟到人行道上，紙板做成的聖誕老人從打烊的賣酒鋪向外斜瞅。

「我還是覺得不好意思麻煩你大老遠開車送我到這兒來。」麥拉對開車的馬提說，表示客氣。

「沒事，」馬提嘟噥一聲，按喇叭，對一輛慢吞吞的卡車背後補了一句，「王八蛋快讓路。」

麥拉覺得不悅——為何馬提總是這麼愛抱怨？——但馬提的老婆愛琳從前座扭過頭，帶著友善的微笑。「馬提不介意，」她說。「禮拜天出門對他比較好，否則還不是懶在家裡。」

「嗯，」麥拉說，「我真的很感激。」事實上，她寧願自己一個人坐公車，就跟平常一樣。四年來，她每個禮拜天都來這裡看她先生，早已習慣了漫長的車程，而且她喜歡回程在亨普斯特德轉車的時候，去一家小餐廳用咖啡和蛋糕。今天她和傑克去馬提和愛琳家吃晚餐，時間拖得太晚，馬提不得不提議送她到醫院，她也不得不接受。當然愛琳得跟著一起來，傑克也是，大家都一副幫她一個大忙的樣子。但客氣是必須的。「這樣真好，」麥拉大聲說，「可以搭車過來而不是——不要這樣，傑克！」

傑克說：「噓——放輕鬆，寶貝。」但她把他的手拋開，身體離他遠一點。愛琳看在眼裡，咬著舌頭咯咯笑，麥拉覺得自己在臉紅。其實沒什麼好難為情的——

愛琳和馬提知道傑克的事；她大部分的朋友都知道，也沒人怪她（畢竟，她不就像在守活寡？）——但傑克至少應該知好歹。難道他的手就不能安分一點，尤其在這個時候？

「好了，」馬提說。「總算可以趕路。」前面的卡車轉彎，他們加速，穿過電車軌道和商店，街道變成公路，再變成高速公路。

「要聽收音機嗎，年輕人？」愛琳大聲說。她按下轉扭之一，一個聲音鼓勵大家待在家裡看電視，就在今晚。她按下另一個，一個聲音說：「沒錯，到克洛佛商店消費更划算！」

「關掉那混帳東西。」馬提說，又按了一次喇叭，切入快車道。

車開進醫院院區，愛琳從前座轉過來說：「這裡還真好看，不是嗎？好漂亮啊。噢，你看，他們搭了一棵聖誕樹，還有燈什麼的。」

「嗯，」馬提說，「往哪兒走？」

「直走，」麥拉告訴他，「到大圓環聖誕樹那裡，然後右轉繞過行政大樓，一直開到路的盡頭。」他照指示轉彎，接近狹長而低樓層的結核病大樓時，她說：

「這邊，馬提，就是這棟。」他開到人行道旁停下，她拿了買給丈夫的雜誌下車，踏上薄薄的灰色積雪。

愛琳拱著肩轉過來，兩手環抱住自己。「噢，外面**好冷！**聽著，親愛的，你大概什麼時候結束，八點是嗎？」

「對，」麥拉說，「但你們先回家吧？我搭公車回去就好，跟之前一樣。」

「你以為我瘋了？」愛琳說。「我們才不想一路開回家，後座載一個悶悶不樂的傑克，」她咯咯笑又使了個眼色。「連你在車上都很難讓他滿足了，更何況是他一個人。不，聽著親愛的，我們到處晃晃，可能去喝一杯或什麼的，然後八點整回來這裡接你。」

「哦好，但我真的可以——」

「就約在這個地方，」愛琳說。「八點整在大樓前面見。你快把車門關上，冷死人了。」

麥拉笑笑關上門，生悶氣的傑克沒有抬頭微笑，也沒揮手。車子開走，她踏上往肺結核大樓的台階。

小小的侯診室裡聞起來有蒸汽和潮濕鞋套的味道，她快步穿越，經過掛著「護士辦公室——清潔區」的門，進入吵雜的大型中央病房。三十六張床被中間一條寬走道隔成兩排，再由與肩同高的屏風隔成每間六張床的小隔間。所有床單和醫院睡衣都染成黃色，為了與院裡其他未受感染的床單做區隔，配上淺綠色的牆壁，構成一種病態的配色，麥拉一直無法習慣。這裡的噪音也很可怕；每個病人都有一台收音機，大家似乎同時在播不同電台。某些病床邊圍著一群探病的人——一個新來的病人躺在床上，手環抱妻子給她一個吻——但其他病床上的病人便顯得寂寞，不是在閱讀就是聽廣播。

麥拉的丈夫一直到她已經在床邊才看見她。他正盤腿坐著，皺眉頭看著膝上什麼東西。「嗨，哈利。」她說。

他抬起頭。「哦，嘿，親愛的，剛沒看到你。」

她彎腰在他的脖子上快速親了一下。有時候他們會親嘴唇，但規定不可以。

哈利看看手錶。「你遲到了。公車晚來嗎？」

「我不是搭公車來，」她說，把外套脫掉。「有人送我一程。你記得我們辦公室一個女孩，愛琳？她跟她先生開車送我過來。」

「哦，真好。你怎麼不帶他們進來？」

「他們沒辦法待——還要去別的地方。但兩人都跟你問好。這些是給你的。」

「哦，謝啦，太棒了。」他拿了雜誌攤開放在床上：《生活》、《科力耶周刊》、《通俗科學》。「太棒了，親愛的。坐下來待一會兒吧。」

麥拉把外套掛在床邊椅的椅背，坐了下來。「你好，錢斯先生。」她對隔壁病床朝她笑著點頭的高個黑人說。

「你好嗎，威爾森太太？」

「很好，謝謝，你呢？」

「哦，抱怨也沒用。」錢斯先生說。

她略過哈利病床看著另一邊的瑞德．歐米耶拉，他正躺著聽收音機。「你好，瑞德。」

「哦，嗨，威爾森太太。沒看到你進來。」

「你太太今晚會來嗎，瑞德？」

「她現在都禮拜六來。昨天晚上她在。」

「哦，」麥拉說。「幫我向她問好。」

「我會的，威爾森太太。」

然後她朝著對面病床的老人笑笑，她老是記不起他的名字，他從來沒有訪客。他回給她一個微笑，看起來有點害羞。她在小鋼椅上坐好，打開手提包找香菸。

「你腿上是什麼東西，哈利？」那是一根環形、半徑約一呎寬的金黃色木棒，邊緣有小釘子，上面連接著一大片藍色羊毛編織。

「哦，這個嗎？」哈利說，把它拿起來。「他們說這叫耙子編織。我從職能治療那裡拿來的。」

「什麼編織？」

「耙子編織。你看，你就拿這個小鉤子，把羊毛繞在每一根釘子上，像這樣，然後沿著木棒繼續繞，最後就可以織條圍巾或是毛帽之類的東西。」

「哦，我懂了，」麥拉說。「像小時候玩的，但我們是用普通的小線軸，在上面釘釘子，你就把線繞在釘子上，然後從線軸中間的洞穿過去，最後可以拉出一條編織繩。」

「哦，是嗎？」哈利說，「用線軸是吧？對，我妹以前好像也有做。用線軸，你說得沒錯，這個原理一樣，只是比較大。」

「你打算編什麼？」

「我也不知道，只是隨便玩玩，想說編一頂毛帽或什麼的，還不曉得。」他檢視自己的成果，拿著編織耙在手上把玩一陣，然後彎身放在床邊桌上。「只是找點事情做。」

她遞菸盒給他，他拿了一根菸。當他向前拿火柴時，黃色睡衣露出一個開口，她看到他的胸部單薄得不像話，少了肋骨的那一邊塌陷。她還可以看到上一次手術後的可怕傷疤末端。

「謝謝，親愛的。」他說，菸在他嘴唇上跳動，他再度往後靠著枕頭，在床單上伸展穿著襪子的雙腳。

「你感覺怎樣，哈利？」她問。

「還不錯。」

「你看起來比較好，」她撒謊。「要是你能增胖一點，看起來就沒問題了。」

「還錢來，」一個聲音蓋過收音機的噪音，麥拉環顧四周，看見一個矮子坐輪椅從中間走道過來，他用腳讓輪椅慢慢前進，結核病人都是如此，不用手推輪椅以避免拉扯胸部。他往哈利的病床過來，露着一口黃牙微笑。「還錢，」他又說，輪椅來到病床前停下。一根塑膠管從他胸部的繃帶突出來，繞過他的睡衣，用安全別針別住，最後通到放在胸前口袋的小塑膠瓶，顯得沉重。「快點，快點，」他說。「還錢來。」

「哦，對！」哈利笑著說。「我忘得一乾二淨，華特。」他從床邊桌的抽屜拿出一塊錢鈔票給對方，他用細細的手指折起放進口袋，跟塑膠瓶擺在一起。

「好，哈利，」他說。「全都結清了嗎？」

「是的，華特。」

他讓輪椅後退掉頭，麥拉看見他的胸、背和肩膀都坍塌得不成形狀。「抱歉打擾了。」他說，回頭給麥拉一個病人的微笑。

她笑笑。「沒關係。」當他回到走道上，她說：「怎麼回事？」

「哦，我們禮拜五晚上看拳賽打賭，我完全忘了這回事。」

「噢。我見過他嗎？」

「誰，華特？當然，我想應該有，親愛的。我在手術室的時候你一定有見過他。老華特在手術室住了超過兩年；上禮拜才剛被送回這裡。他很辛苦，非常有種的一個人。」

「他睡衣上的瓶子是什麼？」

「他在排水，」哈利說，再往黃色枕頭靠。「老華特是好人；我很高興他回來了。」然後他壓低聲音偷偷地說：「其實，他是病房裡僅存的好人之一，很多老傢伙都過去了，或是在手術室那邊走了。」

「你不喜歡新來的人嗎？」麥拉問，壓低聲音以免讓還算新人的瑞德．歐米耶拉聽見。「大家看起來人都很好。」

「好是好，」哈利說。「我只是說，我跟華特那樣的人比較處得來。我們共同經歷了很多事；我也不知道，新來的人講話方式有點惹人厭。比如說，他們都不曉得肺結核是什麼，但講得一副專家的樣子；沒辦法跟他們說話，這種事情真的會惹到我。」

麥拉說她或許可以了解他的意思，然後覺得最好還是改變話題。「愛琳覺得醫院看起來很漂亮，有聖誕樹那些的。」

「哦，是嗎？」哈利小心翼翼地伸出手，把菸灰彈在床邊桌上一塵不染的菸灰缸裡。在床上生活了很長時間，他的所有習慣都精準而靈巧。「辦公室的情況怎麼樣，親愛的？」

「還好，我想。你記得我跟你說過，有個叫珍妮特的女孩子，中午外出用餐太久結果被開除，我們都擔心公司會嚴格執行半小時的午餐時間？」

「哦，對。」哈利說，但她看得出來他其實不記得而且沒有真的在聽。

「總之現在好像沒事了，因為上禮拜愛琳和三個女孩在外面待了快兩小時，也沒人說話。其中一個叫蘿絲的，這一、兩個月來已經有心理準備被開除，但也沒人跟她說什麼。」

「是嗎？」哈利說。「那就好。」

短暫的沉默。「哈利？」她說。

「什麼事，親愛的？」

「他們有跟你說什麼新的消息嗎？」

「新的消息？」

「我是說另一邊有沒有需要動手術。」

「哦，沒有，親愛的。我跟你說過了，目前還不會知道——我以為我解釋過了。」

他的嘴在笑，但皺著眉頭，表示這是個蠢問題。很久很久以前，當她問：「但你**覺得**他們什麼時候會讓你出院？」的時候，他都是給她這個表情。現在他說：「重點就是，我得先從上次的手術復原。這個病就是得一樣樣來；術後必須要很長一段時間問題才算排除，特別是我過去幾年——多久了——四年來發病的記錄？他們得等一陣子，不知道，大概六個月或更久，看看這邊的情況發展如何。然後再決定另一邊要怎麼辦。或許再動更多手術，或許不必。這個病什麼都說不準，親愛的，你也知道。」

「對，沒錯，哈利，抱歉。我不是故意問笨問題。我只是想問你覺得如何。還會痛嗎？」

「完全不會了，」哈利說。「只要我不把手舉太高。舉高的話會痛，或是睡覺翻身翻到那邊也會痛，但只要我——你知道的——維持在一個正常的姿勢，就完全不會痛。」

「這樣就好，」她說，「很高興聽你這麼說。」

之後兩人好像很久沒再說話，其他病床傳來廣播聲、笑聲以及咳嗽聲，他倆的沉默有點奇怪。哈利無心地用大拇指翻著《通俗科學》。麥拉的眼神飄到床邊桌上的相框，一張放大的生活照，是兩人婚前在密西根她母親家的後院拍的。照片裡的她看起來很年輕，穿著一九四五年代的裙子看起來雙腿修長，她不會打扮甚至也不知該怎麼站，帶著稚氣的笑容，對一切渾然不知，卻也準備好面對一切。而哈利——奇怪的是哈利在照片裡看起來比現在老。或許是臉和身材比較粗壯，當然服裝也是原因——掛有勳章的軍用短夾克、發亮的靴子。噢，他曾經那麼好看，方正的下巴、深沉灰色的眼睛——舉個例來說，比像傑克那樣太過健壯結實的男人好看多了。然而體重掉了之後，他的嘴唇和眼睛柔和下來，讓他看起來像個瘦弱的男孩。他的臉變得與睡衣相符。

「你帶這給我，真讓我高興，」哈利指他的《通俗科學》。「裡頭有一篇文章我一直很想讀。」

「很好。」她說，但她想說的是：你不能等我離開再讀嗎？

哈利翻到雜誌封面，抗拒著誘惑不去讀內文，說：「其他事情怎麼樣，親愛的？我是說公司以外的事。」

「還好，」她回答。「那天我收到媽寄來的信，算是聖誕節來信。她要我帶祝福給你。」

「好。」哈利說，但是雜誌占了上風。他又翻了起來，翻到他想看的文章，非常不經意地讀了幾行——彷彿確定就是這篇文章沒有錯——然後完全沉迷在裡頭。

麥拉用上一根菸的菸屁股再點一根菸，拿起《生活》開始翻。偶爾她抬起頭看著他；他躺著邊讀邊咬自己的指關節，穿著襪子的腳一隻腳的腳趾捲起來，幫另一隻腳的腳底抓癢。

探病時間剩下的一個小時是這樣過的。快八點的時候，一群人微笑推著一台有塑膠輪子的直立式鋼琴從走道過來——禮拜天晚上的紅十字會娛興節目。隊伍由巴拉契克太太領軍；她負責彈鋼琴，是個穿制服的親切胖女人。跟在後面的是鋼琴，由一個蒼白年輕、嘴唇永遠濕潤的男高音推著，後面跟著女歌手：身上塔夫綢洋裝看起來有點緊的胖女高音，以及表情嚴肅、拿著手提箱的瘦女低音。他們把鋼琴推到哈利的病床旁，大約是病房的中央位置，然後把樂譜拿出來。

讀到一半的哈利抬起頭。「晚安，巴拉契克太太。」

她的眼鏡對著他閃爍。「你今晚好嗎，哈利？要不要聽幾首聖誕頌歌？」

「好的，夫人。」

收音機接連關上，聊天的聲音也靜止。然而巴拉契克太太還沒按下琴鍵，一個胖護士出面干涉，她的膠底鞋在走道上扑扑作響，伸出一隻手抑住音樂以對大家宣布事情。巴拉契克太太往後坐，護士拉長脖子對病房一邊大喊：「探病時間結束！」再朝另一邊喊了一次。然後她對帕拉契克太太點點頭，在消過毒的亞麻口罩背後微笑，再次踩著扑扑的腳步離開。小聲討論了一陣之後，巴拉契克太太彈起〈聖誕鐘聲〉開頭，她的臉頰扭曲以掩飾訪客離開的干擾，歌手們則小聲地咳嗽；他們要等觀眾安頓下來才開始。

「哎，」哈利說，「竟然已經這麼晚了。來，我送你到門口。」他慢慢坐起來，把腿晃到地上。

「不，不麻煩了，哈利，」麥拉說。「你躺好就好。」

「不，沒關係，」他說，腳往拖鞋裡塞。「你幫我拿睡袍過來好嗎，親愛的？」

他站起來，她幫他穿上一件燈芯絨睡袍，在他身上顯得太短。

「晚安，錢斯先生。」麥拉說，錢斯先生笑著點頭。然後她對瑞德·歐米耶拉和那個老人說晚安，經過走道時，也對坐輪椅的華特道晚安。她挽著哈利的手臂，細瘦的程度讓她嚇了一跳，然後小心配合他的步伐。他們站在還逗留在候診室裡一小群尷尬的訪客之間，面對面看著彼此。

「嗯，」哈利說，「你保重，親愛的。下禮拜見。」

「噢，」某人的母親說，駝著背慢慢走出門口，「今晚真是冷。」她轉過來對兒子揮手，然後抓緊丈夫的手臂步下台階，往白雪紛飛的步道走。有人扶著門讓其他訪客通過，冷風灌進屋裡，然後門再次關上，留下麥拉和哈利獨處。

「好吧，哈利，」麥拉說，「你回床上聽音樂吧。」他站著，睡袍沒闔上，看起來非常虛弱。她伸手把睡袍闔起來，拾起下垂的腰帶幫他在胸前整齊繫好，他低頭對她微笑。「你快回去，可別感冒了。」

「好的，晚安，親愛的。」

「晚安，」她說，踮腳親了他臉頰。「晚安，哈利。」

她在門口轉過來，看著穿高腰睡袍的他走回病房。然後她走到外面步下台階，突如其來低溫讓她把衣領翻起來。馬提的車不在；路上只有三三兩兩離去的訪客背影，現在正行經路燈，往行政大樓附近的公車站去。她把外套拉緊，在大樓旁邊站著避風。

裡頭〈聖誕鐘聲〉在壓抑的掌聲中結束，過了一會兒節目重新熱烈展開。肅穆的鋼琴和弦傳來，然後是歌聲：

「聽啊，天使高聲唱，
榮耀歸與新生王……」

忽然間麥拉喉嚨一緊，街燈在她眼裡漂浮起來。她咬著自己半個拳頭，無助地啜泣，製造出團團霧氣在黑暗中飄走。她花了很長時間才停住，每一次抽噎都發出尖銳的聲音，聽起來好像幾哩之外都可聽到。最後終於結束，或快要結束；她試著控制自己肩膀，擤鼻涕，把手帕收好，闔上手提包時倏地一下穩健而公事公辦。

然後車燈往這條路照過來。她快步走過去在風裡等待。

車裡一股溫暖的威士忌味道和櫻桃紅的菸頭，愛琳扯著嗓子說：「噢！快點上車把門關上！」

門關上時傑克把她攬過去，低聲對她說：「你好，寶貝。」

他們都有一點醉；就連馬提也心情大好。「抓好了，各位！」他大聲說，他們搖晃著經過行政大樓，經過聖誕樹，然後直線往大門前進加速。「大家都抓好了！」愛琳的喋喋不休往後座傳過來。「麥拉，親愛的，你聽我說，我們在路上找到一間小店，有點類似路邊旅館，很便宜的那種？聽我說，我們帶你過去喝一杯，好嗎？」

「好的，」麥拉說，「沒問題。」

「因為我們的進度比你超前太多，總之我希望你看看這地方……馬提，你開慢一點好嗎！」她笑道。「說老實話，要是有人喝得跟他一樣多來開車，我一定會嚇死，你知道嗎？但不必擔心老馬提。他是全世界最好的駕駛，無論酒醉或清醒，我都不在乎。」

但兩人沒在聽。傑克一邊深吻，一邊把手伸進她的外套，像專家一樣繞過一層層衣服直到握住她的乳房。「你不生我氣了吧，寶貝？」他在她的唇邊喃喃說。「要不要去喝一杯？」

她的手緊握住他厚實的背。然後她讓他把自己轉個身，好讓他另一隻手偷偷伸到她大腿。「好吧，」她低聲說，「但是喝一杯就好，然後——」

「好的，寶貝，好的。」

「——然後，達令，我們直接回家。」

A Glutton for Punishment

愛找苦頭吃的人

A Glutton for Punishment

華特・韓德森九歲的時候，有好一陣子覺得倒下去死掉是全世界最浪漫的事，他幾個朋友也有同感。他們發現，玩警察抓小偷的遊戲唯一令人滿足的一刻是假裝中槍，揪著心口，放掉手上的手槍然後倒在地上。沒多久，大家把其他部分都省了——煩人的選邊和逃跑——只留下遊戲最精華的部分。之後這演變成一種獨角戲，幾乎是一項藝術。其中一個男孩還會戲劇性地沿著山坡頂跑，然後埋伏的人在某一刻出現：玩具手槍同時瞄準，一陣整齊的喉音大喊出斷斷續續、有點粗啞的「砰！砰！」——小男孩模仿槍聲。演出者就停下來、轉身，痛苦而優雅地站了一會兒，往前倒下去並沿著山坡向下滾，手腳捲起一陣壯觀的塵土，最後四肢攤平在山下，成了一具死屍。當他站起來把塵土拍掉，其他人就評論他的表現（「相當不錯」、「太僵硬」或「看起來不太自然」），接著換下一個演員。遊戲就這樣而已，但華特・韓德森愛極了。他是個瘦小而四肢不協調的男孩，這是唯一一種勉強稱之為運動而他相當在行的事情。沒人比得上瘦弱的他奮不顧身滾下山的模樣，他沉浸在眾人給予的小小喝采。幾個年紀較大的男生把他們嘲笑了一頓，其他人終於對遊戲厭煩；華特心不甘情不願地改玩對身心有益的遊戲，沒多久便把這件事給忘了。

但在將近二十五年後的一個五月下午，他又記憶鮮明地想起。這時他在萊辛頓大道上一間辦公室裡，坐在辦公桌前假裝辦公，等著被開除。他已經長成一個嚴肅而態度熱忱的年輕人，衣著看得出東岸大學的影響，頂上整齊的棕髮正要開始稀疏。多年來的健康讓他不再那麼瘦弱，雖然四肢仍然不協調，但現在只有在小地方才看得出來，比如他在整理帽子、皮夾、劇院票和零錢的時候，老婆一定得停下來等他，或是看到門上寫著「拉」但往往用力去推。無論如何，此刻的他坐在辦公室裡，看起來還是一副精神健全又稱職的模樣。沒有人料得到焦慮的冷汗在他的襯衫底下往下流，也不知道他藏在口袋裡的左手手指正撕著捏著，慢慢把一包火柴變成濕潤的紙漿球。這幾個禮拜以來他逐漸有預感，今早一踏出電梯，立刻感覺事情會發生在今天。幾個上司說「早啊，華特」的時候，他看見對方的笑容裡隱藏了一絲擔憂；然後下午他從自己工作的小隔間缺口抬頭望出去，剛好和部門經理喬治．克洛維爾四目相交，他手裡正拿著幾張紙，躊躇地站在私人辦公室的門口。克洛維爾立刻轉過頭，但華特知道他一直在看他，為難但已下定決心。再過幾分鐘，華特確信，克洛維爾就會叫他進去宣布壞消息——當然不是容易的事，因為克洛維爾這種老闆是以身為普通人為榮的。現在不能做什麼，只能等著事情發生，盡可能溫文儒雅地接受。

就在這時那段兒時回憶開始侵蝕他的心，因為他忽然發現——那股力量強大到讓他的拇指指甲深深摳入那包祕密的火柴——讓事情發生並溫文儒雅地接受，可說就是他的生活模式。不可否認，有風度的輸家這種角色，向來深深吸引著他。他用整個青少年時期練就這項專長，打架時勇敢地輸給比自己還壯的男孩，足球踢得很爛，暗地裡希望受傷被抬到場外（「有一點不得不佩服韓德森，」學校教練曾經說笑，「這小子還真愛找苦頭吃。」）大學有更多機會讓他展現這項才能——等著被當的課、等著落選的選舉——之後的空軍讓他以空軍軍校學生的身分被光榮地刷掉。這一次看似無可避免，他又要做自己了。之前的幾份工作都屬於初階性質，不容易搞砸；當他有機會出任這份工作之後，套一句克洛維爾的話，感覺起來「是真正的挑戰」。

「很好，」華特當時說。「這就是我要的。」他把這段對話告訴妻子，她的回答是：「噢，太好了！」他們還藉機搬進東六十幾街的昂貴公寓。近來他開始帶著疲憊的臉色回家，陰鬱地說他懷疑自己還能撐多久，她便囑咐孩子們別煩他（「爹地今天晚上很累」），給他送上一杯飲料，小心翼翼地給他做太太的撫慰，盡可能藏起自己的恐懼，從來不去想、或至少不表現出來她面對的是一個習慣且強迫性的失敗者，一個喜歡倒下去的奇怪小男孩。最不可思議的是，他心想——這真的是不可思議——他從前竟然都沒想過。

「華特？」

小隔間的門推開，喬治·克洛維爾站著，看上去很不自在。「你到我辦公室來一下好嗎？」

「好的，喬治。」華特跟著他走出小隔間，經過整間辦公室，感覺到許多眼光投在他背上。自重一點，他告訴自己。最重要的是保持自重。然後門在他們背後關上，克洛維爾鋪了地毯寂靜無聲的私人辦公室裡現在只有他倆。二十一樓之下，刺耳的汽車喇叭聲聽起來很遙遠；其他只聽得見彼此的呼吸聲、克洛維爾走到辦公桌時皮鞋的吱嘎聲，以及他坐下時旋轉椅發出的咯吱聲。「拉張椅子坐，華特，」他說。「抽菸嗎？」

「不了，謝謝。」華特坐下，雙手緊緊交叉放在膝蓋間。

克洛維爾沒替自己拿一支菸就關上菸盒，把它推到一旁，然後身體向前，兩手攤開平放在桌面的厚玻璃上。「華特，我還是直說吧，」他說，最後一絲希望消失無蹤。有趣的是即便如此，聽到還是震驚。「哈維先生和我觀察了一段時間，感覺你不太能掌握這裡的工作。我們兩個都萬分不願意，但對公司和對你本人最好的情形下，還是要請你走路。那麼，」他很快接著說：「這完全無關個人，華特。我們這裡的工作太專業，無法要求每個人在工作上表現優異。尤其在你的例子，我們真的覺得你去別的機構會更快樂，比較符合你的——能力。」

克洛維爾往後靠，舉起雙手的時候，濕氣在桌面留下兩個完美的灰色手印，像骷髏的手。華特盯著看，入了迷，直到手印乾掉消失。

「嗯，」他說，抬起頭。「喬治，你說得非常婉轉，謝謝。」

克洛維爾的嘴唇正擠出一個帶著歉意的普通人微笑。「非常遺憾，」他說。「事情有時候就是這樣。」接著他開始摸索抽屜把手，明顯看得出鬆了一口氣。「那麼，」他說，「我們開了一張支票，你的薪水付到下個月底為止。可以算是遣散費吧——在你找到下一份工作之前幫你度過這段期間。」他拿出了一個長信封。

「你們太慷慨了，」華特說。然後是一陣沉默，華特明白要由他打破沉默。他站起來。「好的，喬治。我不耽擱你了。」

克洛維爾很快站起來，伸出兩隻手走到桌子另一邊，一隻和華特握手，另一隻手放在他肩膀上，一路走到門口。這個既友善又羞辱的舉動，瞬間讓華特的喉頭哽住，有那麼可怕的一秒鐘他以為自己快哭了。「好了小子，」克洛維爾說，「祝你好運。」

「謝謝，」他說，聽見自己穩定的聲音讓他鬆了一口氣，以至於他又笑著說了一次。「謝謝，再見，喬治。」

回到他的小隔間有一段大約五十呎的距離，華特．韓德森很有格調地走完。他知道自己遠去的肩膀在克洛維爾眼中是那麼平穩挺直，他也知道當他經過各個辦公桌，坐著的人羞怯地抬頭或想而沒有抬頭，他是如何精密地控制自己臉上的表情。彷彿就像電影裡的一幕。攝影機從克洛維爾的觀點開始拍，然後以推軌方式往後讓整個辦公室入鏡，框住華特孤寂但莊重的路程；現在是華特的臉部特寫，跳接到他同事轉頭的短鏡頭（喬．考林斯面帶擔憂，佛列德．赫姆斯壓抑著心中的竊喜），然後再剪到華特的觀點，我們看到他的祕書瑪麗，臉上尋常而不帶懷疑的表情，她拿著一份華特交代她打的報告，站在他的辦公桌旁等他。

「我希望這樣還可以，韓德森先生。」

華特接過之後丟在桌上。「沒關係了，瑪麗，」他說。「聽著，你乾脆今天休息吧，明天早上再去找人事室經理。你會被安排新的工作，我被開除了。」

她的第一個表情是個淺淺、帶著懷疑的微笑——她以為他在開玩笑——接著便臉色蒼白開始發抖。她很年輕，不太機靈；祕書學校可能沒跟她們說過，上司也是會被開除的。「怎麼會這樣，太糟糕了，韓德森先生。我——他們怎麼會做出這種事情？」

「噢，我也不知道，」他說。「很多理由吧，我想。」他開始清理私人物品，打開抽屜後猛地關上。東西不多：一些舊的私人信件，一支乾掉的鋼筆，一個打火石用完的打火機，半條包起來的巧克力棒。她看著他把東西整理出來放進口袋，他知道每一件物品在她眼裡看起來有多辛酸，他也知道自己如何莊重地直起身子、轉過去，從架上拿起他的帽子戴上。

「當然，這不會影響你，瑪麗，」他說。「到早上公司會幫你安排新工作。那麼，」他伸出手。「祝你好運。」

「謝謝；也祝你好運。那就，嗯，晚安了——」這時她把習慣性咬過的指甲舉到唇邊，不確定地咯咯笑了一聲。「我是說，再見。韓德森先生。」

接下來的場景在飲水器旁，華特一走近，喬．考林斯冷靜的眼神立刻充滿憐憫。

「喬，」華特說。「我要走了。被炒魷魚。」

「不！」但考林斯的震驚明顯出於善意；這不算什麼意外。「老天，華特，這些人到底有什麼問題？」

然後佛列德．赫姆斯插話，非常嚴肅又遺憾，明顯幸災樂禍：「天啊，小子，真是太遺憾了。」

華特領著兩人到電梯旁，按了「下」的按鈕；忽然間其他人從辦公室各個角落逼近他，僵硬的臉色帶著悲傷，手伸在前面。

「非常抱歉，華特……」

「祝好運，小子……」

「保持聯絡好嗎，華特？……」

點頭微笑握手，華特說「謝謝」、「再見」、「一定的」；然後某台電梯的紅燈亮起伴隨「叮！」的機械聲，過了幾秒鐘電梯門打開，操作員說了聲「下！」他退進電梯裡，臉上仍然掛著固定的笑，快活地對著說話熱誠的臉孔揮手致意。電梯門緊緊關上，場景到此完美結束，電梯在沉默中下降。

下樓的路上，他臉色紅潤、眼睛明亮，充實而喜悅地站著；直到他快步走在外面的街上，他才發現自己多麼享受剛才那一刻。

震驚讓他的速度慢了下來，最後他靠在一棟大樓前面暫停了快一分鐘。他的頭皮在帽子下發麻，手指慌亂摸索著領帶的結和大衣鈕釦。他覺得被自己可憎而羞恥的行為嚇到了，這輩子從未如此的無助和害怕。

然後，他一鼓作氣繼續前進，調整帽子和下巴，腳跟用力踩在人行道上，裝出一副有急事的模樣。大白天下午在萊辛頓大道中央，過度自我分析是會讓一個人抓狂的。現在該做的就是，讓自己忙起來，開始找工作。

唯一的問題，當他又停下來環顧四周的時候，他發現他不知道自己往哪裡走。他站在大概四十幾街左右，角落有明亮的花店和計程車，衣著體面的男女走在清新的春天空氣裡。首先他需要電話。他趕緊過街到一間藥房裡，穿越廁所肥皂、香水、番茄醬和培根的味道，走到後面牆邊的一排電話亭；他拿出電話簿翻到上面列了幾間職業介紹所電話的那一頁，他去那些地方填過申請函；然後便準備好一堆十分錢，把自己關在電話亭裡。

然而每一間介紹所說的都一樣；他現在過來也沒用，等他們打給他再說。打完電話他又把電話簿掏出來，搜尋一個熟人的電話，一個月前這人說他們辦公室可能會出現職缺。電話簿不在他的胸口內袋裡；他把手伸進外套其他口袋去找，然後又找褲子口袋，手肘撞上電話亭痛得要命，但只找到書桌裡那些舊信和半截巧克力。他咒罵了幾句把巧克力丟在地上，用腳踩了一下，彷彿那是根點燃的菸頭。電話亭裡種種費力的舉動使得他呼吸急促，他的頭暈了起來的時候，才看見電話簿就在面前，投幣箱的上面，剛才他自己放在那兒的。他撥號的手指微微發抖，開口說話時，他用另一隻手把領口從流汗的頸子拉開，他的聲音像乞丐一樣虛弱又迫切。

「傑克，」他說。「我想說——想說，不知道你有沒有之前你提過那個職缺的消息。」

「什麼的消息？」

「那個職缺。你知道，就上次你說你們辦公室——」

「哦，那個啊。沒有，目前還沒有消息，華特。一有消息我會跟你聯絡。」

「好的，傑克。」他把折疊門拉開，靠在貼著印花錫片的牆壁上，大口吸進灌進來的冷空氣。「我只是想說你會不會忘了，」他說，聲音幾乎恢復正常。「抱歉打擾你。」

「哪會，沒關係，」電話那頭精力充沛的聲音說。「怎麼了，小子？你那邊情況有點麻煩嗎？」

「噢，沒的事，」華特聽見自己這麼說，立刻慶幸自己撒了個謊。他幾乎從來不說謊，每次都訝異原來說謊這麼容易。他的聲音漸漸自信起來。「沒有，我這邊很好，傑克，我只是不想——你知道的，我以為你忘了還什麼的，就這樣而已。家人都好嗎？」

通話結束，他想除了回家之外已經沒別的事可做。但他在門開著的電話亭裡坐了很久，伸出腳擱在藥房地板上，一直到臉上出現一抹狡詐的微笑，慢慢消失之後再轉換成正常的表情。撒謊毫不費力讓他起了個念頭，愈想愈讓他做出深刻而革命的決定。

他不跟老婆講。運氣好的話，這個月結束前他就能找到什麼差事，這段期間內，他決定這輩子第一次，把煩惱留給自己就好。今晚她問他今天過得怎麼樣，他就說：「噢，還好，」甚至「不錯。」早上他就在平常時間出門，在外面待一天，然後每天持續一直到找到工作。

他腦子裡出現「振作起來」這句話，電話亭裡的他讓自己振作起來，不光是果斷可以形容；他收起零錢、整理領帶、走到街上：那是一種高貴。

到正常回家時間前還有幾個小時要度過，當他發現自己正在四十二街上往西走，便決定到公共圖書館裡耗掉。他邁出大步走上寬闊石階，沒多久便安頓在閱覽室裡，檢閱《生活》雜誌去年的合訂本，在腦子裡反覆推敲他的計畫，一邊擴張一邊使其更完善。

合理而言，他知道每日的欺瞞不會是簡單的事。必須像歹徒一樣，時刻保持警覺和狡猾。但不就是因為計畫有難度才值得去做的嗎？而且到一切都結束，他終於可以告訴她，每分每秒的折磨都有了報酬。他知道到時她會用什麼樣的眼神望著他——先是空洞不可置信，然後眼裡漸漸出現他已經幾年不見的，她對他的尊敬。

「你的意思是你一直瞞著我？**為什麼**，華特？」

「噢，」他會不經意地說，甚至聳肩，「沒必要讓你擔心。」

該離開圖書館的時候，他在大門口流連了一分鐘，大口吸菸，往下看著五點的車流與人流。這場景讓他特別感傷，因為五年前一個春天傍晚，他來到這裡第一次和她見面。「你來圖書館的最上一層台階和我見面好嗎？」當天早上她在電話裡這麼說，一直到好幾個月以後，他們已經結婚了，他才想到這真是個奇怪的會面地點。他問起來，她笑他。「**當然**不方便啊——那就是重點。我就是想站在那裡擺個姿勢，像城堡裡的公主，要你走完全部的台階來把我帶走。」

的確就是這種感覺。那天他提早十分鐘離開公司，先趕到中央車站，在地下層亮晶晶的洗手間盥洗刮鬍子；他不耐煩地等那個又矮又胖又慢的老服務員拿他的西裝去熨。付完超出他能力範圍的小費之後，他急忙往外走到四十二街，緊張又上氣不接下氣地經過鞋店和雜貨店，飛快穿越慢得令人無法忍受的行人，這些人完全不曉得他任務的急迫性。他怕遲到，還有點怕一切只是一場玩笑，她根本不會出現。然而一到第五大道他便遠遠看見她站在那裡，一個人，就在圖書館台階的最上方——穿著時髦的黑外套，一個苗條而容光煥發的褐髮女孩。

於是他慢下來。信步穿越第五大道馬路，一手插在口袋裡，輕鬆、矯健、若無其事地步上台階，絕對不會有人猜到這一刻是花去多少小時的焦慮和多少天的謀略換來的。

當他差不多能確定她可以看見他的時候，他便再次抬頭看她，她笑了。那不是他第一次看見她這麼笑，卻是他第一次可以完全確定這個笑只給他一個人，喜悅讓他的心暖了起來。他不記得彼此說了什麼打招呼的話，但記得他確信兩個人沒問題，這是好的開始——她閃亮的大眼睛看著他的方式，就是他希望被注視的方式。無論他說了什麼，她都覺得風趣，而她說的話，或是她說話的聲音，讓他覺得自己這輩子從來沒有這麼高壯、肩膀如此寬闊。他們轉身並肩步下台階，他攬著她的上臂把她帶走，手指背面感覺到每走一步她的胸部輕盈跳動。延展在腳下等著他們的夜晚，看似神奇地漫長也神奇地充滿承諾。

現在，單獨走下來，那一次確定的勝利給他無比力量——他這輩子至少曾有一次拒絕了失敗的可能性，而且贏了。

他過馬路以後沿著四十二街的緩坡繼續往下走，其他回憶逐漸清晰了起來：那天晚上他們也是往這邊走，在巴爾的摩喝一杯，他記得在昏暗的雞尾酒吧裡她坐在他身邊的模樣，她扭著起身讓他幫她脫掉外套袖子之後再坐下，長髮一撥，然後挑撥地斜看他，一邊舉杯到嘴唇邊。過了一會兒她說：「噢，我們到河邊去吧——我最喜歡這時候去河邊。」他們便離開飯店走到那裡去。現在他走過去，穿越第三大道的鏗鏘聲走向都鐸市大廈——一個人走，大廈彷彿大了許多——最後站在小欄杆旁，往下看著開在東河公路上的時髦汽車，看著遠處緩緩而流的灰色河水。就在這裡，當一艘拖船在遠處皇后區暗下來的天際線下呻吟，他第一次吻了她。現在他轉過身變了一個人，準備走回家。

走進家門迎面而來的第一樣東西，是球芽甘藍的香味。孩子們還在廚房裡吃晚餐：他聽見碗盤聲之外高頻率童音的嘟噥，然後是他老婆的聲音，疲憊的安撫。門關上的時候他聽見她說，「把拔回來了，」孩子們開始大喊，「把拔！把拔！」

他小心翼翼把帽子放在走廊櫃子上，一轉身便看見她站在廚房門口，在圍裙上擦手，對他疲憊地笑。「總算有一天準時回家，」她說。「太好了。我還怕你今天又要加班。」

「不用，」他說。「今天不必加班。」聲音在他自己耳朵裡聽起來陌生又奇怪，像經過擴大器似的，好像他在一個回音室裡說話。

「你看起來真的很累，華特。看起來累垮了。」

「因為我走路回家的關係，大概不習慣吧。家裡怎麼樣？」

「哦，很好。」但她看起來也很累。

兩人一起走進廚房，他覺得被潮濕的亮度包圍住。他用陰鬱的眼神看著牛奶紙盒、美奶滋罐、湯罐頭和穀片盒子，桃子排在窗台上待熟，他兩個孩子無比的脆弱和柔軟，唧唧呱呱的小臉上有幾條淡淡的馬鈴薯泥痕跡。

廁所裡狀況好一點。他花比平時更長的時間洗手準備吃晚飯。至少他在裡頭可以獨處。冷水繃緊他的臉，唯一的打擾是她老婆對大的孩子愈來愈不耐煩的說話聲：「好了，安德魯．韓德森。你不把布丁吃完，晚上就沒有故事聽。」過了一會兒傳來推椅子和碗盤疊起的聲音，代表孩子們吃完晚飯了，拖著鞋子在地上走；門關上的聲音，代表他們被送回房間玩一個小時直到洗澡時間到。

華特仔細擦乾手，然後走出去到客廳沙發，拿著一本雜誌坐下，非常緩慢地深呼吸，顯示他的自制力。過了一分鐘她走進來陪他，圍裙已脫下，口紅也補過，端了一壺滿滿冰塊的雞尾酒。「噢，」她嘆口氣說。「感謝上帝總算結束了。現在可以安靜一下。」

「我來拿酒，親愛的。」他說完立刻跳起來。他希望自己的聲音現在聽起來會正常一點，但一發出來還是有回音室的共鳴。

「不行，」她命令。「你坐著。你回家看起來這麼累，應該坐好讓人服侍。今天怎麼樣，華特？」

「噢，還好，」他說，又坐下來。「很好。」他看著她量琴酒和苦艾酒的分量，敏捷快速地在水壺裡攪拌，調整托盤之後端著，從屋裡另一頭走過來。

「好了，」她說，在他身邊坐了下來。「你來倒好嗎，親愛的？」他在冰過的杯子倒滿酒之後，她舉起杯子說：「噢，太美了。乾杯。」她這歡樂的雞尾酒心情是仔細下過苦工的效果，他知道的。一如晚餐時間她對待孩子的嚴母態度；一如稍早之前她在超市直截了當的效率；以及晚一點臣服在他懷裡的溫柔。各種盤算過的心情依照秩序輪替，就是她的生活，或者說，已經成為她生活的模樣，她控制得很好。只有在極少情況，當他非常仔細看著她的臉，才看得出她因而被消耗了多少。

但喝一杯大大有幫助。一口苦澀清涼似乎讓他鎮定下來，而且手上杯子裡的酒還剩下令人安慰的分量。他又喝了一、兩口，才敢再次看著她，眼前是鼓舞人心的景象。她的笑容幾乎完全沒有壓力，沒多久兩人就像快樂的戀人那樣輕鬆地聊起來。

「噢，坐下來放鬆太棒了，」她說，頭輕輕往後靠著沙發椅套。「想到今天是週五的晚上也太棒了，」

「沒錯，」他說，即刻把嘴塞進飲料杯隱藏他的震驚。週五的晚上！這意味著他還要再等兩天才能開始找工作——兩天時間被困在家裡，或是在公園裡處理三輪車和冰棒，沒有機會逃脫祕密帶給他的負擔。「奇怪，」他說。「我差點忘記今天是禮拜五了。」

「噢，你怎麼能忘？」她舒服地往沙發深處扭動。「我等了一個禮拜就是等這天。幫我再倒一點，親愛的，然後我就要回去做事了。」

他再幫她倒了一點，給自己倒了滿滿一杯。他的手在抖，撒出來一點點，但她似乎沒注意到，也沒注意隨著對話進行，他的回答愈來愈勉強。當她回頭忙家事——在烤肉上塗油、放小孩的洗澡水、整理房間準備睡覺——華特獨自坐著，讓理智陷入被琴酒搞糊塗的混亂中。只有一個念頭不斷出現，一則給自己的忠告，清晰又清涼，像不斷靠近唇邊的飲料：撐住。無論她說什麼，無論今晚或明天或後天發生什麼事，撐住就對了。撐住。

但孩子們洗澡潑水的聲音在室內流動，撐住變得愈來愈不簡單；等到他們被帶到他跟前說晚安，手上拿著泰迪熊，身上穿著乾淨睡衣，小臉閃亮，聞起來有肥皂香，撐住更是困難的一件事。之後他再也無法坐在沙發上。他跳起來開始踱步，菸一根接著一根，耳朵聽著老婆在隔壁房間抑揚頓挫的聲音讀床邊故事（「你可以到草原上，或是巷子裡，但就是不能走進麥克格雷格先生的花園……」）

當她走出來，在背後關上孩子房間的門，看見他像個悲劇雕像站在窗口，低頭看著黑暗的庭院。「怎麼回事，華特？」

他裝出笑容轉過來面對她。「沒事啊。」他的回音室聲音說，電影攝影機再度啟動。從他緊繃的臉部特寫開始，然後跳接到她的動作，猶豫的她站在咖啡桌旁邊。

「唔，」她說。「我再抽一支菸，然後就要去準備晚餐了。」她又坐下來——這回沒有靠在椅背上，因為此刻是她忙著張羅晚餐到餐桌上的心情。「你身上有火柴嗎，華特？」

「當然有。」他走向她，在口袋裡東掏西掏，彷彿有個東西他放了一整天就等著拿給她。

「老天，」她說。「你看看這火柴，怎麼會變這樣？」

「這個嗎？」他盯著褐色扭曲的火柴盒，彷彿那是一項犯罪證據。「可能被我撕爛還什麼的，」他說。「緊張就有的習慣。」

「謝謝，」她說，讓他用顫抖的手指點菸，然後開始用瞪大而嚴肅的眼神看著他。「華特，出事了，對不對？」

「當然沒有。怎麼會出──」

「告訴我真相。是工作嗎？還是──你上禮拜擔心的事？我是說今天是不是發生什麼事，讓你覺得他們可能會──克洛維爾說了什麼嗎？告訴我。」她臉上的細紋好像更深了一點。她看起來嚴峻能幹，而且忽然間老了許多，甚至也不漂亮了──一個時常面對緊急情況的女人準備接手。

他慢慢走開，走向屋裡另一邊的休閒椅，他的背部形狀完美說明了即將來臨的挫敗。他走到地毯邊緣停下來，好像整個人僵硬了，一個受傷的人試著撐住；然後他轉身面對她，臉上隱約出現一個憂鬱的微笑。

「唔，親愛的——」他舉起右手去摸襯衫中間的釦子，彷彿要解開它，然後呼出一口大氣往後癱倒在椅子上，一隻腳滑到地毯上，另一隻收在椅子下。這是他一整天做過最優雅的一件事。「我中槍了。」他說。

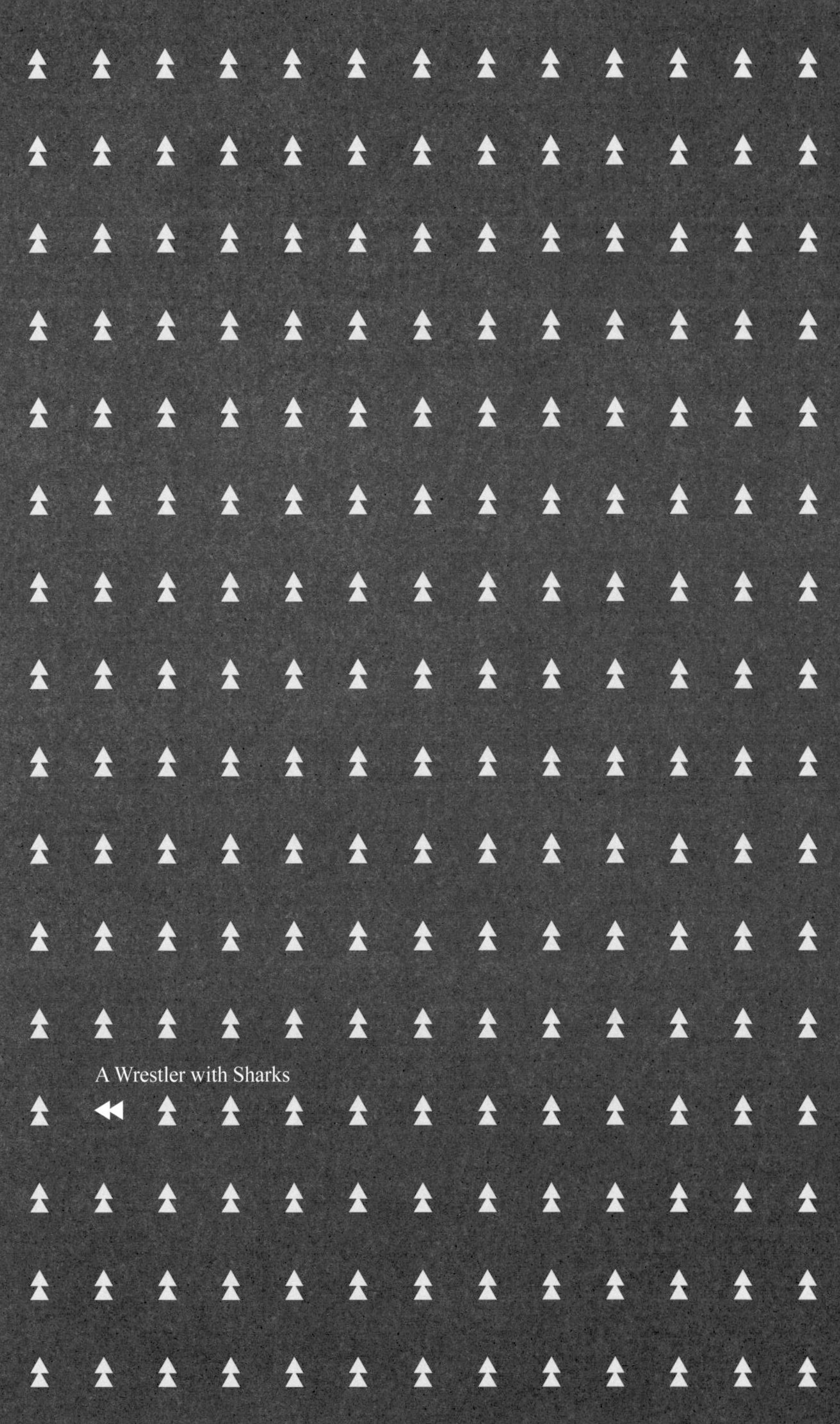
A Wrestler with Sharks

跟鯊魚搏鬥的人

A Wrestler with Sharks

沒幾個人看得起《勞工領袖》，甚至兩位老闆。芬科和克萊姆這對不合的襟兄弟是創辦人，刊物不知怎的年年賺錢，但就連他們也不怎麼引以為傲。至少我是這麼想的。兩人總是駝著背怨恨地坐在辦公室，綠如膽汁的辦公桌隔間被兩人拍桌子怒吼震得發抖，他們抓起校樣撕掉、折斷鉛筆尖，濕的雪茄菸屁股丟在地上，傲慢地把電話聽筒摔回去。兩個都不願意《勞工領袖》是自己的終生志業，看起來恨得要命。

也不能怪他們：那東西是個怪物。就形式而言，它是雙週發行的厚厚小報，印刷粗糙，一不小心就掉到地上而且很難照原順序撿回來；就發行方針而言，它自稱是「擁護工會運動精神的獨立報紙」，但實則希望成為工會首長的商業雜誌，這些人用工會基金訂閱，無論它究竟提供了多少有料內容，訂戶比較是忍受而不是想要或需要這份刊物。《勞工領袖》從「勞工角度」所做的全國報導，肯定陳腐，可能出錯，還往往因印刷錯誤令人難懂；長篇大論的專欄多是關於名列訂戶名單的工會首長之豐功偉業，往往遺漏了非訂戶工會領袖的更重大的新聞。每一期都包含大篇幅各類小企業呼籲「和諧」的愚蠢廣告，都是受芬科和克萊姆乞求或威逼而買下的版面——真正的勞工報紙肯定會受這種折衷手段連累，但這似乎一點也沒限制到《勞工領袖》的風格。

編輯部的員工一天到晚換人。每當有人辭職，《勞工領袖》就在《紐約時報》求職版登廣告，提供「中階薪資，依資歷調整」。每次都吸引不少人到《領袖》辦公室外的人行道——辦公室位於成衣區外緣的一間店面裡，身為編輯的克萊姆（芬科是發行人），要大家在外面等半小時，自己再拿起一疊申請表格，袖口捲到外套上，嚴肅地打開門——我看他喜歡偶爾扮演企業家的感覺。

「好的，慢慢來，」他說，人群推擠著進入，緊貼在隔開裡頭辦公室的木頭扶手上。「慢慢來，各位，」然後他會舉起一隻手說，「請大家注意，」開始解釋工作內容。當他講到薪資架構有一半的人會離開，剩下來的人裡頭，絕大部分比隨便一個清醒、整潔、能夠完整造一個英文句子的人好不到哪兒去。

那年冬天，我們六個還是八個在《領袖》蒼白日光燈下皺眉頭工作的人都是這樣被僱用的，每個人都明顯表達另謀高就的意願。我是在丟了某日報工作的幾個禮拜後去上班，待到隔年春天，被一份大型畫刊雜誌拯救而離開，目前繼續任職。其他人各有各的辯解，大家都跟我一樣花許多時間討論：那裡是個分享刺激和倒楣故事的好地方。

里昂·索貝爾大概比我晚一個月加入，從克萊姆帶他進編輯室的那一天起，我們就知道他不一樣。他站在亂七八糟的書桌之間，看起來像在勘測準備征服的新疆土，當克萊姆介紹他給大家認識（半數的人他叫不出名字），他以戲劇化的嚴肅方式跟我們握手。他年約三十五，比我們大家老一點，很矮，個性緊繃，一頭爆炸黑髮，沒有幽默感的薄嘴唇掛在一張滿是痤瘡的臉上。他說話的時候眉毛隨時在動，而他很想（但不成功）穿透人的眼神總是盯著聽話對象的眼睛。

我所知道關於他的第一件事，是他從來沒坐過辦公室：他從成年以來一直從事鈑金工作。更有甚者，他來《領袖》不像我們一樣是因為需要，而是套一句他的話，因為原則。事實上，為了如願以償，他還先放棄薪水是這裡兩倍的工廠工作。

「怎麼了，你不相信我？」他告訴我之後問。

「嗯，也不是，」我說。「只是我——」

「或許你以為我瘋了。」他說，臉上擠出一個工於心計的笑容。

我企圖抗議，但他不讓我說。「聽著，別擔心，麥卡貝。已經很多人說我瘋了，我不擔心。我太太說：『里昂，你知道大家會這麼說。』她說，『人們永遠不懂某些人追尋的不只是金錢。』她說得對，對極了！」

「不，」我說。「等一下。我——」

「大家認為人只有兩個選擇：不是當鯊魚，就是躺著讓鯊魚生吞——世界就是這樣。我呢，是會跟鯊魚搏鬥的那種人。為什麼？我也不知道為什麼。這樣瘋狂嗎？很好。」

「等一下，」我說。我試著說明，我對於他想要打擊社會不公完全沒有意見，如果這是他想做的事；我只是覺得《勞工領袖》是最不可能讓他做這件事的地方。

但他聳肩讓我知道我只是為反對而反對。「那又怎樣？」他說。「這是報紙不是嗎？我呢，我是作家。作家無法出書還算什麼作家？聽著，」他抬起一條腿放到我辦公桌邊緣——他的身高不夠，做這個動作不太優雅，但他以論點的力度補足不齊之處。「聽著，麥卡貝。你還年輕，我告訴你一件事：你知道我已經寫了幾本書？」現在他的手也加入，這是早晚一定會輪到的事。兩隻粗胖的拳頭伸到我的鼻子下面，晃了一會兒才猛地伸出一群僵硬抖動的指頭——只有大拇指還折著。「九本。小說、哲學類、政治理論——什麼都有。沒有一本出版過。相信我，我做這已經有一段時間。」

「我相信你。」我說。

「於是我終於坐下來盤算：答案到底是什麼？我想到了：我的書的問題在於，裡頭說的是真相。真相是一個有趣的東西，麥卡貝。人們想讀，但只想讀已經出名的人寫的。我說得對不對？好吧。我想，既然我想寫這些書，首先我得讓自己出名。這可值得任何犧牲。只有這個辦法。你知道嗎，麥卡貝，最後一本書花了我兩年才寫完？」兩隻手指跳出來說明，然後再縮回去。「這兩年裡，我每天晚上工作四、五個小時，週末工作整天。你應該看看那些出版商跟我說的什麼鬼話。城裡每一家出版商都是。我太太哭了。她說，『為什麼會這樣，里昂？為什麼？』」這時他的嘴唇捲起，貼在他有牙斑的小顆牙齒上，一隻手握拳，在大腿上捶了另一隻手的手掌心，之後他放鬆下來。「我告訴她，『聽著，親愛的。你知道為什麼。』」現在他給我一個平靜勝利的微笑。「我說，『這本書說的是真相。這就是為什麼。』」然後他眨眼離開我的書桌走遠，直挺挺而自信滿滿，身上的運動衫有點髒，休閒褲鬆垮垮的，屁股部位有點發光。這就是索貝爾。

過了一段時間他才在工作崗位上放鬆：第一個禮拜左右，他若不是在說話，就是以一股熱心和害怕失敗的心情面對大小事，把除了總編輯芬尼之外的每個人搞得不知所措。他跟我們所有人一樣，手上有大約十二到十五個工會名單，主要工作內容是保持聯絡，把對方給的任何新聞寫成文章，通常沒什麼激動人心的事情可寫。一般報導都是兩、三個段落，配個單行標題：

水電工勝利
加薪三分錢

或諸如此類的。但索貝爾仔細撰寫像在寫十四行詩，每交出去一則便焦慮地咬嘴唇，直到芬尼舉起食指說：「過來一下，索貝爾。」

他便走過去站著道歉點頭，芬尼則指出一些文法上的小錯誤。「句子結尾不能放介係詞，索貝爾。最好不要這樣寫『gave the plumbers new grounds to bargain on』（給水電工人新的談判空間），而是這樣較好『gave the plumbers new grounds on which to bargain』。」

芬尼喜歡給他講課。從旁觀者的角度看來，有一件事很惱人，就是索貝爾過了很久才懂其他人一眼就明白的事：芬尼是個膽小鬼，只要對他大聲兩句他就會立刻對任何事情讓步。他是個虛弱又緊張的人，興奮時口水會滴到下巴，還會用發抖的手指順過上了太多髮油的頭髮，他手指的頭油味就像他人格的痕跡，沾在他碰觸過的一切：他的衣服、鉛筆、電話和打字機。我猜他當上總編是因為沒人願意吃克萊姆的排頭：他倆的編輯會議總是以克萊姆在他的隔間裡大吼「芬尼！芬尼！」開始，然後芬尼像隻松鼠趕緊跑進去。接著會聽到克萊姆無止境的盤問、芬尼以顫抖的聲音口沫橫飛地解釋，結束是克萊姆拍桌子。「不，芬尼。不，不，不對！你有什麼問題，我得畫出來給你看才行嗎？好了好了，你走，我自己來。」一開始你會懷疑芬尼為什麼要忍受——沒有人這麼需要工作——但答案在於，《勞工領袖》只有三篇署名文章：來自辛迪加的一篇運動新聞樣板文章，以及放在社論頭版，由朱利斯．克萊姆執筆的晦澀專欄「今日勞工」，還有卷末的雙欄專欄，標題如下：

百老匯節拍
威斯．芬尼

左上角甚至還有他的小照，油頭露齒的自信笑容。正文偶見勞工角度——比如關於演員工會或是舞台工作人員工會的段落——但大部分內容一如那兩、三個百老匯／夜總會專欄作家的口氣。「聽過在科巴卡巴納[1]的新星嗎？」他會如此問勞工

注1／
Copacabana是紐約市著名夜總會，四〇年代開幕，歷經數次搬家轉型，目前仍於四十七街營業。

領袖；然後寫出她的名字，一邊促黠提及她的胸圍和臀圍，一邊以民間角度提到她出身哪一州，然後如此收尾：「她是城裡最熱門的話題，大批觀眾湧入劇院看她。本部門完全同意觀眾的判決：這位女士有格調。」沒有一個讀者料想得到威斯・芬尼穿雙破鞋，沒有人送公關票請他看演出，除了看場電影或去投幣式速食店彎腰吃個肝泥香腸三明治，他也不出門。他用自己的時間寫專欄，額外領一筆錢——我聽說一個月是五十塊錢。因此這是雙方都滿意的交易：克萊姆花一丁點錢緊緊拴住他的代罪羔羊；芬尼受一點折磨就能在剪貼簿貼上新的剪報，剪去《勞工領袖》其餘污染內容，丟進家裡垃圾桶，晚上催眠自己這叫終極的自由。

總之，就是這個人可以讓索貝爾為自己寫作的文法道歉，那真是可悲的一幕。當然情況不會永遠持續下去，到了某天便停止。

索貝爾被芬尼叫進去解釋分裂不定式，他皺著眉頭試著了解。兩人都沒發現克萊姆就站在幾呎之外的辦公室門口聽；他看著雪茄菸濕的那頭，彷彿味道很糟。

「芬尼，」他說。「你如果想當英文老師，去高中找工作。」

芬尼嚇了一跳，把鉛筆塞到耳朵後面，沒注意到那裡已經有一支鉛筆，於是兩隻一起咔嗒落地。「唔，我——」他說。「我只是想說我——」

「芬尼，我沒興趣知道。拜託把鉛筆撿起來聽我說。讓你參考一下，索貝爾不是英國文人，他是美國文人，我相信應該是這樣沒錯。這樣清楚了嗎？」

索貝爾走回自己書桌時臉上的表情，看起來好像一個剛出獄的人。從那之後他開始放鬆；幾乎算是從那之後——因為促成他轉變的似乎是歐李瑞的帽子。

歐李瑞剛從城市大學畢業，也是最優秀的員工之一（他後來混得很好；有他署名的文章經常出現在晚報上），那個冬天他戴了一頂防水布做的帽子，雨衣店裡有賣。不是什麼時髦的款式——而且因為太鬆軟而讓歐李瑞的臉看起來太窄——但索貝爾一定是偷偷把它尊為新聞工作或是非主流的象徵，因為某天早上他戴了頂全新一模一樣的出現。帽子在他頭上甚至比在歐李瑞頭上還難看，特別是配上他那件表面凹凸不平的棕色大衣，但他似乎愛護得很。他發展出新的一套言談舉止配合那頂帽子：早上準備打電話前，用食指把它向後推（「我是《勞工領袖》的里昂．索貝爾……」），離開辦公室去採訪時瀟灑地往前拉，回來寫報導則將它旋轉丟到帽架上。一天結束，當他把自己最後一份稿子放進芬尼的鐵絲籃，帽子被調整成漫不經心遮住眉毛，大衣甩到肩膀上，踏步出去時微微舉手致意——我總是想像他在黑色的地鐵車窗研究自己的倒影，一路到布朗克斯。

他似乎決心愛這份工作，甚至拿來一張家人的生活照——一個疲憊慘笑的女人和兩個小兒子——用膠帶貼在桌面上。其他人在辦公室裡放的私人物品頂多是個火柴盒。

將近三月底的一個下午，芬尼把我叫到他油膩膩的辦公桌旁。「麥卡貝，」他說。「你想幫我們寫個專欄嗎？」

「哪一種專欄？」

「勞工八卦，」他說。「與工會直接相關，從八卦或閒話角度——帶點幽默、個性之類的。克萊姆先生認為有必要，我跟他說你是最佳人選。」

我無法否認這讓我受寵若驚（畢竟每個人都被環境制約），但我也抱著懷疑。

「我可以署名嗎？」

他開始緊張地眨眼睛。「哦，不，不署名，」他說。「克萊姆先生希望是匿名。記者把他們挖到的任何項目交給你，你只要蒐集寫出來就好。你可以利用上班時間寫，算是正常工作內容的一部分。你懂我意思？」

我明白了他的意思。「也是正常薪水的一部分，」我說。「對嗎？」

「沒錯。」

「不了，謝謝。」我告訴他，且慨然提議他試試歐李瑞。

「不行，我已經問過他，」芬尼說。「他也不想做。沒有人想。」

我早該猜到，他當然是照順序問過辦公室裡每個人。從時間來判斷，我一定是接近名單最後。

當晚下班後，索貝爾跟我一起離開大樓。他把他的大衣當披風穿，袖子晃來晃去，當他敏捷地跳過人行道污水坑時，用手扶著他的布帽。「我偷偷告訴你一件事，麥卡貝，」他說。「我要幫報紙寫一個專欄。已經安排好了。」

「是嗎？」我說。「有沒有錢？」

「錢？」他眨了眨眼。「那部分我再告訴你。我們去喝杯咖啡。」他帶我走進鋪花瓷磚人聲沸騰的投幣式速食店，我們在角落一張桌面潮濕的桌子坐下，他開始娓娓道來。「芬尼說沒有錢，知道嗎？於是我說好。他說也沒有署名。我說好。」他又眨眼。「這招漂亮。」

「你什麼意思？」

「我什麼意思？」他總是重複別人的問話，細細品味時黑色眉毛往上吊，要對方等他的答案。「聽著，我已經把芬尼這個人摸透，這種事不是他做決定。你以為他在那裡能做什麼決定？你最好放聰明點，麥卡貝。做決定的是克萊姆先生。他是個聰明人，你搞清楚了。」他點頭，舉起咖啡杯，但嘴唇被燙得皺起，吹了吹熱氣後才小心急躁地開始喝。

「嗯，」我說，「好，但要我的話，會先問一下克萊姆先生以確認。」

「問一下？」他啪一聲放下杯子。「有什麼好問的？聽著，克萊姆先生要專欄，對嗎？你以為他在乎我能不能署名？或是有沒有錢——你以為我要是專欄寫得好，他會計較付我錢？你瘋了，有問題的是芬尼，你看不出來嗎？他不想給我機會，因為他怕丟了自己的專欄。懂了嗎？好。在我把專欄寫出來之前，我不跟任何人確認。」他伸出大拇指戳自己胸膛。「我用自己的時間寫。然後我拿去給克萊姆先生，我跟他談正事。交給我。」他舒服地往後坐，手肘撐在桌子上，雙手捧著咖啡杯做出要喝的姿勢，把熱氣吹散。

「嗯，」我說。「希望你是對的。萬一不成也別翻臉。」

「啊，說不定不成，」他承認，癟嘴做了個懷疑的表情，頭歪向一邊。「你知道，這是場賭注。」但他只是禮貌性說說，為了把我的嫉妒降到最低。他內心篤定，所以可以表現出疑慮，我也猜得到他已經在想要怎麼告訴他老婆。

隔天早上芬尼走到每個人的辦公桌前，指示我們把任何八卦和閒話交給索貝爾；專欄會從下一期開始。之後我看見他跟索貝爾開會，向他說明專欄要怎麼寫。我注意到說話的都是芬尼：索貝爾只是坐著，傲慢地噴二手菸。

上一期才剛發行，所以專欄的截稿日是兩個禮拜之後。一開始沒幾條線——從工會挖新聞已經不容易，更別說「閒話」了。每當有人真的遞給他一張紙條，索貝爾會皺著眉頭看，在上面寫幾個字，然後丟進抽屜裡；有一、兩次我看見他把紙條丟進垃圾桶。我給過他好幾張，只記得其中一張的內容：我採訪的蒸汽管安裝工人地方工會，其工會代表在關著的門後大吼大叫要我別去煩他，因為他老婆剛生了一對雙胞胎。但索貝爾不要。「所以那傢伙剛生雙胞胎，」他說。「那又怎樣？」

「隨便你，」我說。「你其他資料多嗎？」

他聳肩。「一點點。我不擔心。但我告訴你——這些廢話我不打算多用。什麼閒話，誰要讀這種東西？不能整個專欄都是這些廢話。一定要有東西撐住。對吧？」

另外一次（他現在開口閉口都是專欄）他深情地笑著說：「我太太說我現在跟寫書的時候一樣糟糕。寫寫寫寫個不停。但她不在乎，」他補充。「她覺得很興奮，告訴每個人——鄰居什麼的。她哥哥禮拜天過來家裡，問我工作怎麼樣——就一副了不起的樣子？我沒說什麼，但我太太大聲說了起來：『里昂現在幫報紙寫專欄』——全盤說給他聽。你真該看看他臉上的表情。」

他每天早上帶來昨晚的工作量，一疊手稿，用午餐時間打字，在位子上邊吃三明治邊校對。每天晚上他最後一個離開辦公室；我們走的時候他還專心地埋頭打字。芬尼一直去煩他——「專欄寫得如何了，索貝爾？」——但他總是瞇著眼睛用下巴狠狠朝著他點一下。「你擔心什麼？到時候就給你。」然後對我眨眼。

截稿日那天早上，他來上班的時候臉上粘著一小塊廁紙；他一時緊張在刮鬍子時割到自己，除此之外看起來跟平常一樣自信。當天早上沒有電話要打——每到截稿日我們都留著看稿子和校樣——因此他做的第一件事是攤開手稿再讀最後一次。他聚精會神頭也不抬，直到芬尼站在他手肘旁邊。「你到底要不要給我那專欄，索貝爾？」

索貝爾抓起稿子傲慢地用一隻手臂護著。他鎮定地看著芬尼，語氣堅定，肯定排練了兩個禮拜：「這是要給克萊姆先生看的，不是給你。」

芬尼的臉激動地扭成一團。「不不，克萊姆先生不需要看，」他說。「反正他也還沒進來。好了，拿來吧。」

「你在浪費時間，芬尼，」索貝爾說。「我要等克萊姆先生。」

芬尼喃喃自語，閃避索貝爾勝利的眼神，走回自己的書桌讀「百老匯節奏」的校樣。

那天早上我負責在排版桌把假文貼在第一版。我站著與不聽話的紙張和黏滿膠水的剪刀搏鬥，索貝爾悄悄走到我背後，一臉焦慮。「你要讀嗎，麥卡貝？」他問。「在我交出去之前？」然後把手稿交給我。

我首先注意到他剪了一張照片貼在第一頁上面，是他戴著布帽的小人像照。接著是文章標題：

索貝爾有話要說

里昂・索貝爾

我不記得開頭第一段的確切字句，但大致是：

《勞工領袖》新專欄的「初次登場」，也是未曾寫過專欄的本記者「新的嘗試」。然而本人並非書寫形式的新手，相反的，而是「染了墨水的老兵」，曾經參與許許多多的思想戰鬥，確切來說已經有九本書出自本人筆下。

當然，本人在這個專欄的任務與那些巨著不同，但還是希望能藉此穿透基本的人性之謎，換句話說，就是訴說真相。

我抬起頭，發現他把刮鬍子的傷疤摳破而流血不止。「唔，」我說，「第一，我不會連照片一起給他——我是說，難道你不覺得應該先讓他看過，然後再——」

「好，」他說，拿出一團灰色手帕遮著臉。「好，我會把照片拿掉。你繼續讀啊。」

但我沒時間讀剩下的篇幅。克萊姆已經進公司，芬尼跟他說過話，他站在辦公室門口，不耐煩地咬著熄掉的雪茄。「你要找我，索貝爾？」他大聲說。

「等一下，」索貝爾說。他整一整「索貝爾有話要說」的稿子，撕掉照片塞進口袋，往門口走去。半路上他想到要脫帽，往帽架一丟但沒有成功。然後他消失在隔間後面，我們都準備聽好戲。

沒多久就傳來克萊姆的反應。「不，索貝爾，不，不，不！這是什麼？你到底想賣什麼藥給我？」

芬尼在外面縮頭縮腦的模樣相當滑稽，他用一隻手拍著自己頭側傻笑，歐李瑞瞪了他一眼他才停止。

我們聽見索貝爾的聲音，一、兩句模糊的抗議，然後又傳來克萊姆的聲音：「基本人性之謎？——這叫八卦？這叫閒話？你不會照指示寫？等一等——芬尼！芬尼！」

芬尼大步跑到門口，很高興被點名，我們聽見他清楚而冠冕堂皇地回答克萊姆的質詢：是的，他告訴過索貝爾要寫什麼樣的專欄；是的，他清楚提到不會署名；是的，索貝爾拿到足夠的八卦題材。索貝爾說了什麼聽不太清楚，聲音緊繃而平板。克萊姆用喉嚨發出一個聲音作為回答，雖然聽不清楚他說什麼，但我們知道已經結束了。然後三人走出來，芬尼傻笑，像路邊發生意外時看熱鬧的人，索貝爾面無表情像個死人。

他從地上撿起帽子，從衣架拿起大衣，穿戴好，走向我。「再會，麥卡貝，」他說。「保重。」

我跟他握手，感覺自己的臉也變成芬尼的白痴笑容。我問了一個蠢問題。「你要走了？」

他點點頭。然後他和歐李瑞握手——「再會，小子。」——遲疑了一下，不知是否該和全體員工握手。他決定揮揮食指，走到外面街上。

芬尼簡直等不及附耳告訴我們內幕消息：「那傢伙瘋了！他跟克萊姆說，『你不接受這個專欄我就辭職』——就這樣。克萊姆看著他說，『辭職？滾出去，你被開除了。』我是說，他還能說什麼？」

我轉頭看見索貝爾妻兒的照片還貼在他的桌上。我把它撕下，拿到外面的人行道上。「嘿，索貝爾！」我大喊。他在一個路口之外，微小的背影，正往地鐵站走去。我在他身後跑步，差點在冰凍的爛泥巴上摔斷了脖子。「嘿，索貝爾！」但他沒聽見。

回到辦公室，我在布朗克斯黃頁找到他的地址，把照片放在信封裡寄出。假如故事到這裡結束就好了。

但那天下午我撥了通電話，給大戰前我在五金工會期刊工作的編輯，他說他們目前不缺人，但如果索貝爾願意過去，可以跟他面談一下。這個主意很傻：那邊的薪資比《領袖》還低，而且在那裡工作的都是非常年輕的人，是他們父親要他們來學習五金這一行——索貝爾可能一開口就被刷掉。然而有總比沒有好，當晚我一離開辦公室，便又走進電話亭查索貝爾的名字。

一個女人接的電話，但不是我預期的柔弱高音，而是低沉又悅耳——一連串意外的第一個。

「索貝爾太太？」我問，荒唐地對著話筒笑。「請問里昂在家嗎？」

她本來要說：「請等一等，」但改口「請問哪裡找？現在不方便打擾他。」

我告訴她我的名字，解釋一下五金工會的事。

「我不明白，」她說。「是哪一種報紙？」

「就是工會期刊，」我說。「可能不是什麼大不了的，但——你知道，也算是不錯的一個。」

「我了解了，」她說。「你希望他去那裡找工作？是這樣嗎？」

「我的意思是，如果他想要的話。」我說。我開始冒汗。我沒辦法把照片裡蒼白的臉跟這個沉著、幾乎優美的聲音連在一起。「我只是想，或許他願意試試看。」

「嗯，」她說，「請等一等，我來問他。」她放下聽筒，我聽見他們在背後說話。一開始聽不太清楚，但之後我聽見索貝爾說：「啊，我跟他講——我就說謝謝他打來。」我聽見她以無限溫柔的語氣回答，「不，親愛的，何必呢？他不值得。」

「麥卡貝沒問題。」他說。

「不，他有問題，」她告訴他。「否則他就該知道不要再來煩你。讓我來，拜託。我去打發他。」

她接起電話時說：「不，我先生說他對那種工作沒興趣。」然後她禮貌地道謝，說再見，留下我一個人帶著罪惡感和一身汗離開電話亭。

Fun with a Stanger

和陌生人一起開心

Fun with a Stanger

升上三年級以後準備上史奈爾小姐的課的學童，整個夏天不斷收到警告。「老天，你們完蛋了，」年紀大一點的學童說，淘氣地扮鬼臉。「你們真的完了。**克里瑞**太太沒問題。」（她教三年級比較幸運的另一班）「——她很好，但老天，那個**史奈爾**——你們最好小心點。」因此史奈爾小姐那一班甚至在九月開學前就已士氣不振，開學了幾個禮拜，她也沒能做什麼來改善。

她是個年約六十的瘦高女人，長了一張男人的臉，她的衣服，甚至她整個人，散發出鉛筆屑和粉筆灰的乾燥味道，聞起來就像學校。她嚴格又沒幽默感，一心只想消除在她眼裡不可接受的事：口齒不清、沒精神、做白日夢、太常跑廁所，以及最糟糕的「東西沒準備齊全就到校」。她的小眼睛眼神銳利，若有人試著偷偷開口或手肘一推想跟別人借鉛筆，幾乎沒有人成功過。「後面有什麼問題？」她會追問。「就是你，約翰．格哈特。」然後約翰．格哈特——或是霍華．懷特，不管是誰——被逮到，只能臉紅說：「沒事。」

「講話要清楚一點。要借鉛筆嗎？你又沒帶鉛筆就來上學？跟你說話的時候站起來。」

接著是有關學校用品的長篇大論，一直到犯忌的人走上前從講桌上一堆鉛筆裡拿了一支才結束，而且要說：「謝謝史奈爾小姐。」重複幾次到音量足以讓全班聽見，並保證他不會去咬鉛筆或把筆芯折斷。

橡皮擦更糟糕，因為很多人愛把鉛筆末端的橡皮咬掉，導致橡皮更不夠用。史奈爾小姐的桌上有一塊不成形狀的舊橡皮，她好像很引以為傲。「這是**我的**橡皮擦，」她會說，拿著對班上揮舞。「我用這塊橡皮擦已經五年了。五年。」（這不難相信，因為它看起來灰撲撲舊得要命，就跟拿著炫耀的手一樣。）「我不拿來玩，因為這不是玩具。我從來不拿來嚼，因為它不好吃。我也沒有把它搞丟，因為我不是傻瓜也不會不小心。我需要這塊橡皮擦才能做事，所以我好好照顧它。你們為什麼不能一樣好好照顧**自己的**橡皮擦？我不知道這班是怎麼了。從來沒碰過這麼不小心的班級，對學校用品的態度這麼**小孩子氣**。」

她好像從來不會發脾氣，但她能生氣的話說不定會好一點，因為讓人沮喪的是她平板、不帶感情又冗餘的罵人方法。當史奈爾小姐把某人叫起來責備，光用講的就讓人受不了。她會走到距離受害者的臉不到一呎的範圍內，眼睛眨也不眨盯著對方眼睛，長了很多皺紋的灰色嘴唇奮力唸出罪行，冷酷而審慎，直到那天變成黑白的一天。她似乎沒有寵愛的對象；有一次甚至還找愛麗絲・強森的碴，愛麗絲總是有許多學校用品，幾乎沒做錯過任何事。那天，愛麗絲讀課文的時候口齒不清，被警告多次還是一樣，史奈爾小姐就走過去把她的書拿走，訓了她好幾分鐘。一開始愛麗絲看起來很震驚；然後眼淚湧入她的眼睛，她的嘴巴扭曲成可怕的形狀，最終她屈服於在全班面前哭的最大羞辱。

在史奈爾小姐的班上哭從不罕見，就連男生也不例外。諷刺的是，每次都是發生這種狀況後的片刻寧靜——當班上只聽得見某人的抽噎聲，其他人則尷尬不已地盯著前面——陣陣笑聲就從走廊對面克里瑞太太的班上傳來。

然而大家還是沒辦法恨史奈爾小姐，因為小朋友的壞人一定得壞得徹底。無可否認，有時候史奈爾小姐人也不錯：她特有的窘迫、摸索的方式。「記生字就像交新朋友，」有一次她說。「大家都喜歡交朋友，對不對？比如說，學年剛開始，你們對我而言都像陌生人，但我很想記住大家的名字和臉蛋，因此我努力去記。一開始會搞混，但沒多久我就跟大家變成朋友。之後，我們可以一起做一些開心的事——哦，比如聖誕節辦一個小派對之類的——到那時候，我知道我要是沒有努力記住大家的名字一定會很後悔，因為跟陌生人一起沒辦法開心，不是嗎？」她給大家一個樸實害羞的笑容。「字彙也是這樣。」

她說這種話更讓人尷尬，但還是讓小朋友對她微微感到一股責任感，當別班小朋友追問她到底多壞，忠誠度讓他們保持沉默。「嗯，也沒那麼壞。」他們會不自在地回答，然後改變話題。

約翰．格哈特和霍華．懷特下課通常一起走路回家，克里瑞太太班上住同一條街的兩個學童——弗萊迪．泰勒和他的雙胞胎妹妹葛瑞絲——也常加入，雖然他們盡量想避開。通常，約翰和霍華一走到操場盡頭，雙胞胎就從人群裡跑出來追上他們。「嘿，等等！」弗萊迪大喊。「等一下！」沒多久雙胞胎就走在兩人身邊，嘰嘰喳喳，把一模一樣的帆布格子書包拿在手上搖晃。

「猜我們下禮拜要做什麼，」某天下午弗萊迪喳喳地說。「全班哦，你猜，快嘛，猜猜看。」

約翰．格哈特不止一次清楚地告訴雙胞胎，說他不喜歡跟女生一起走路回家，現在他差點想脫口而出說一個女生已經夠糟了，兩個女生他無法忍受。但他只會意地看了霍華．懷特一眼，兩個人沉默地走著，決定不理會弗萊迪不斷的追問。

但弗萊迪沒等他回答。「我們要去遠足，」他說，「上交通課的時候。我們要去哈爾蒙。你知道哈爾蒙是什麼？」

「當然，」霍華．懷特說。「一個鎮。」

「對，但你知道那邊是**做**什麼的？去紐約的蒸汽火車頭在那裡換成電力火車頭。克里瑞太太說我們要去看人家換蒸汽火車頭。」

「我們會在那裡待一整天。」葛瑞絲說。

「有什麼了不起？」霍華．懷特問。「我想去隨時可以去，騎我的腳踏車去。」這就誇張了——他其實不准騎到離家兩個路口以外——但這樣說聽起來很炫，特別是他還補了一句，「我不需要克里瑞太太帶我去，」講到「克里瑞」時特別用鼻音強調。

「上學日嗎？」葛瑞絲問。「你可以在**上學日**去？」

霍華欠缺說服力地喃喃說道：「當然，我要的話就可以。」但對雙胞胎而言，事情已經很明顯。

「克里瑞太太說我們要常常去遠足，」弗萊迪說。「之後我們還要去自然歷史博物館，在紐約，還有很多其他地方。可惜你們不在克里瑞太太班上。」

「我才不在乎，」約翰．格哈特說。他想到一句他爸常說的話，似乎適合現在講：「總之，我不是去學校玩的。我到學校有工作要做。走吧，霍華。」

過了一、兩天，原來遠足是安排好兩個班級一起去；只不過史奈爾小姐沒告訴她的學生。她在心情好的時刻提到這件事。「我想，遠足這件事很有意義，」她說，「因為既有教育價值，對大家而言也是好玩的事。」當天下午約翰．格哈特和霍華．懷特把消息告訴雙胞胎，語氣刻意漫不經心，心裡暗自竊喜。

但勝利沒有維持太久，因為去遠足只再次強調了兩個教師的不同。克里瑞太太以魅力和熱情處理所有事；她年輕敏捷，也是史奈爾小姐班上學童看過最漂亮的女人。是她安排讓小朋友從高處觀察停在旁軌上火車頭的駕駛室，也是她找到公共廁所的位置。關於火車的無聊細節，在她的解釋下都生動了起來；最冷峻的工程師和轉轍夫被她的微笑融化，快活地介紹工作內容，她的長髮在風中飛揚，雙手輕鬆地插在駝毛大衣口袋裡。

史奈爾小姐從頭到尾都待在後面，繃著臉，聳肩背對著風，瞇眼不斷注意看誰脫隊。有一度她還讓克里瑞太太等。她把自己班上的人叫到旁邊，說要是他們不會集體行動，以後就不必想再遠足。她毀了一切，到那天結束，全班的人深深覺得難為情。一整天裡她有那麼多機會好好表現卻做不到，既可悲又讓人失望透頂。最慘不忍睹的就是她的可悲——大家甚至不願意看她——穿著那難看的黑大衣和外套。

所有人只希望她快快坐上校車回學校，眼不見為淨最好。

秋天的每項節日都為學校帶來特別活動。先是萬聖節，好幾節美勞課都在畫南瓜燈和拱背的貓。感恩節更盛大：小朋友花一個多禮拜畫火雞、豐饒角、穿棕衣戴扣帶帽的朝聖者祖先和喇叭管槍托的火槍，音樂課大家不斷唱誦〈齊來感恩〉和〈美哉美國〉。感恩節一結束，聖誕節的漫長準備緊接著開始：到處是紅綠色，還要排練在年度聖誕晚會表演的聖誕頌歌。走廊上每天都看到更多的聖誕裝飾，終於，到了假期前最後一個禮拜。

「你們班會辦派對嗎？」某天佛瑞迪．泰勒問。

「當然，應該吧。」約翰．格哈特說，其實他根本不確定。除了好幾個禮拜前那次含糊提過，之後史奈爾小姐再也沒說沒暗示會有什麼聖誕派對。

「史奈爾小姐到底有沒有跟你們說要辦派對？」葛瑞絲問。

「嗯，她沒有告訴我們。」約翰．格哈特不置可否。霍華．懷特不發一語拖著腳跟在旁邊。

「克里瑞太太也沒告訴我們，」葛瑞絲說，「因為應該是驚喜派對，但我們知道會有。去年上過她課的人有跟我們說。他們說最後一天會有一個大派對，樹啊什麼的，有小禮物，還有吃的東西。你們也會有嗎？」

「噢，我不知道，」約翰・格哈特說。「當然，應該吧。」但雙胞胎走了以後，他有一點擔心。「嘿，霍華，」他說，「你覺得她會辦派對嗎？」

「我不知道，」霍華・懷特說，小心地聳肩。「我什麼都沒說。」但他也覺得擔心，全班都是。假期愈來愈近，尤其是聖誕晚會的高潮過後，只剩下平淡的幾天課，大家愈來愈不覺得史奈爾小姐在籌劃什麼派對，每個人心裡都深受折磨。

學期最後一天下雨。早上的時間一如往常過去了，午餐之後，一如其他下雨的日子，走廊上擠滿穿雨衣和雨鞋吱吱喳喳的小朋友，到處亂跑等著下午的課開始。三年級教室周圍有一股特別的緊張氣氛，因為克里瑞太太把教室門鎖起來，謠傳她一個人在裡頭為派對做準備，等到上課鐘響，持續整個下午的派對即將展開。「我剛才偷看，」葛瑞絲・泰瑞氣喘吁吁告訴有興趣聽的人。「她擺了一棵小樹還有藍色的燈，教室布置過，桌椅都搬開了。」

她班上的人追問——「你看到什麼？」「全部藍色的燈？」——其他人則在門口推擠，試著從鑰匙孔看一眼。

史奈爾小姐班上的學生不自在地緊貼著走廊牆壁站好，大部分的人都不說話，手放在口袋裡。他們班的門也是關著，但沒有人想知道有沒有上鎖，怕一打開只看見史奈爾小姐端正坐在書桌前改作業。他們看的是克里瑞太太班上的門，當門終於打開，看見其他學童一擁而入。進去之後女生們齊聲大喊「噢！」就連從史奈爾小姐的教室看過去，也看得出裡頭的改變。有一棵樹，樹上有藍色的燈——整間教室發出藍光——地板已經清空。他們還能瞥見教室中間一張桌子的桌角，上頭擺了好幾盤色彩鮮豔的糖果和蛋糕。克里瑞太太站在門口，美麗又容光煥發，臉色微紅的歡迎大家進去。她給史奈爾小姐班上轉頭過去的學童一個和藹而心不在焉的微笑，然後再關上門。

過了一秒鐘史奈爾小姐打開門，大家首先看到的是教室裡沒有改變。書桌還在原來地方，準備上課；大家在學校畫的聖誕節畫作仍然點綴著牆壁，除了已經在黑板上掛了一個禮拜、有點髒掉的紅色大字「聖誕快樂」，沒有其他裝飾。然而大家看見史奈爾小姐桌上放了一堆紅白紙包裝的小禮物，忽然鬆了口氣。史奈爾小姐不帶笑容地站在教室前面，等大家坐好。大家憑直覺沒有多看禮物一眼，也沒有人評論。史奈爾小姐用態度清楚表示派對還沒開始。

現在是拼字時間，她叫大家準備好鉛筆和紙。在她唸出要拼的字與字之間的安靜空檔，可以聽見克里瑞太太班上傳來的噪音——陣陣笑聲和驚喜的呼聲。但那一堆小禮物安撫了大家；小朋友們只要看一眼，就知道終究不必覺得難為情。史奈爾小姐實現了她的承諾。

禮物的包裝都一樣，白色包裝紙和紅色緞帶，其中幾個的形狀，約翰．格哈特判斷可能是折疊小刀。或許小刀送給男生，小手電筒送給女生。折疊小刀可能太貴，比較有可能的是十元商店那種好玩但無用的東西，比如鉛製小士兵給男生，迷你娃娃給女生。就算是這樣也夠好了——堅硬又閃亮的小東西證明她畢竟還有人性，而且可以隨手從口袋裡掏出來秀給泰勒雙胞胎看。（「嗯，不算派對，但她給我們大家一些小禮物。你看。」）

「約翰・格哈特，」史奈爾小姐說，「如果你只能專心看講桌上的東西，還是我先收起來比較好？」班上同學咯咯笑，她也微笑。只是害羞的微微一笑，便很快收斂回到拼字課本，但已經足夠化解大家的緊張。收拼字考卷的時候，霍華・懷特靠到約翰・格哈特身邊小聲說：「領帶夾。一定是給男生領帶夾，什麼珠寶飾品之類的給女生。」

「噓！」約翰說，但他補充：「領帶夾沒那麼厚。」全班開始騷動；大家預期史奈爾小姐收完考卷之後，派對就要開始。但她叫大家安靜，然後開始上下午的交通課。

下午的時間慢慢過去。每次史奈爾小姐看時鐘，大家就期待她會說：「噢，我的老天——我差點忘了。」但她沒有。兩點剛過，距離放學不到一小時，史奈爾小姐的課被敲門聲打斷。「是誰？」她不耐煩地問。「什麼事？」

小葛瑞絲・泰勒走進來，杯子蛋糕半個在她手上，半個在她嘴裡。當她發現裡頭還在上課，做出誇張的反應——後退一步用沒拿蛋糕的另一隻手摀住嘴。

「怎麼了？」史奈爾小姐問。「你需要什麼？」

「克里瑞太太想知道——」

「你可以把東西吞下去再說話嗎？」

葛瑞絲嚥了一口。她沒有一絲靦腆。「克里瑞太太想問你有沒有多的紙盤。」

「我沒有紙盤，」史奈爾小姐說。「請你告訴克里瑞太太本班正在上課。」

「好的。」葛瑞絲再咬了一口蛋糕才轉身離開。她瞄到那一堆禮物，停下來看，明顯不為所動。

「你拖延到我們上課了。」史奈爾小姐說。葛瑞絲離開。在門口，她淘氣地看了班上一眼，滿嘴蛋糕屑無聲地一笑，然後溜出去。

時針慢慢走到兩點半，過了之後再往兩點四十五分移動。終於在差五分鐘三點的時候，史奈爾小姐把課本放下。「好的，」她說，「大家都可以把書收起來了。今天是放假前最後一天，我為大家準備了一點驚喜。」她又笑。「我想你們最好還是留在位子上，我來把東西發給大家。愛麗絲．強森，請到前面來幫我。其他人坐好。」愛麗絲走向前，史奈爾小姐把小禮物分成兩堆，用兩張素描紙當作托盤。愛麗絲小心拿了一盤，史奈爾小姐拿另一盤。開始發之前史奈爾小姐說：「我想大家最好先等到每個人都拿到之後再一起拆，這樣比較有禮貌。好的，愛麗絲。」

她們沿著走道開始，看清楚標籤再發禮物。標籤是熟悉的伍沃斯百貨賣的那種，上面印有聖誕老人畫像和「聖誕快樂」字樣，史奈爾小姐在上頭用她寫黑板的工整筆跡填寫。約翰．格哈特的是：「給約翰．G，史奈爾小姐贈。」他一拿起來，就震驚地發現裡頭是什麼。等到史奈爾小姐走回教室前面說「好了」，已經沒有令人意外的部分。

他把紙撕開，把禮物攤在桌上。是一塊橡皮擦，便宜耐用的那種，一個十分錢，白色的一半擦鉛筆，灰色的一半擦墨水筆。他用眼角瞥見霍華．懷特正在拆一模一樣的禮物，再偷偷瞄了教室裡一眼，證實了全部的禮物都一樣。沒有人知道該怎麼辦，教室裡似乎沉默了一分鐘，只零星傳來包裝紙的窸窣聲。史奈爾小姐站在教室前面，握拳放在腰際，手指如乾枯的蟲子扭動，她的臉軟化成贈禮之人的緊張微笑。她看起來完全無助。

終於有一個女孩說：「謝謝你，史奈爾小姐，」然後全班參差不齊一起說了聲：

「謝謝你，史奈爾小姐。」

「不客氣，」她說，讓自己鎮定，「祝大家假期愉快。」

謝天謝地，鐘聲在這時候響起，大家在一陣忙亂碰撞之中往衣帽間而去，再也不需要看著史奈爾小姐。她的聲音蓋過大家的噪音：「請在離開之前把包裝紙和緞帶丟到籃子裡。」

約翰．格哈特用力套上膠鞋，抓了雨衣，用手肘推開眾人走出衣帽間，走出教室，進入吵雜的走廊。「嘿，霍華，等等！」他向霍華．懷特大喊，兩人終於脫離學校，快步跑過操場，沿路在小水坑濺起水花。現在史奈爾小姐被拋在腦後了，他們每跑出一步就離她愈遠；要是跑得夠快，說不定還能避開泰勒雙胞胎，就不必再想到這一切。他們用力踩出每一步，水順著雨衣流下，邊跑邊感受脫逃的喜悅。

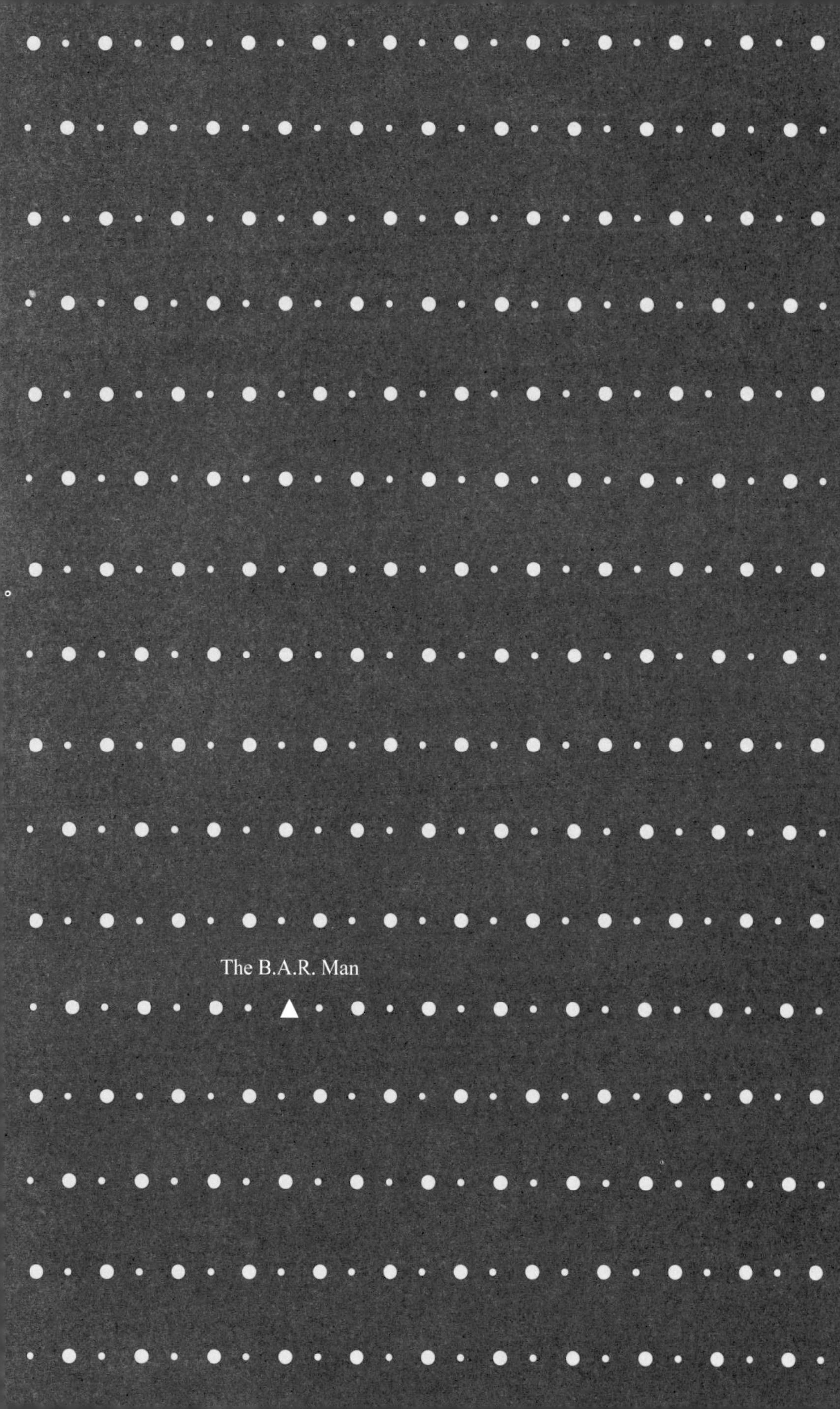
The B.A.R. Man

B.A.R.專家

The B.A.R. Man

一直到約翰．法倫的名字出現在警局的逮捕人犯登記簿，然後又上報之前，從來沒有人多看他一眼。他在一間大型保險公司任職，總是一副認真工作、皺眉蹙額的樣子，整天在檔案櫃之間走來走去，白襯衫的袖口捲起，一隻手戴著錶帶過緊的金錶，另一隻手垂掛著軍人的識別手鍊，紀念已逝的英勇而無憂慮的時代。他二十九歲年紀，高大結實，棕髮梳得整齊，一張臉膚白方正。平時他的眼神和善，驚訝時瞪大，想威嚇別人時瞇起，他的嘴巴像孩子一樣鬆垂微張，只有在說狠話時才繃緊。穿便服時，他喜歡質料光滑的淡藍色西裝，墊肩要硬，鈕釦開得很低，走路時鞋跟的金屬片讓他的步伐聽起來響亮而有節奏。他住在皇后區的森尼賽德，跟一個叫蘿絲的瘦女孩結婚十年，她有頭痛的毛病，不孕，靠打字工作賺的錢比他還多，她可以邊嚼口香糖一分鐘連打八十七個字。

每個禮拜從週日到週四的傍晚，法倫夫婦坐在家裡玩牌或看電視，有時候在上床睡覺之前，她會派他出去買三明治和馬鈴薯沙拉當宵夜。週五是工作週的最後一天，電視上轉播拳賽，是他和男生們在島嶼燒烤店聚會的日子，餐廳離皇后大道不遠。這群人是因習慣而聚在一起，並非友情關係，前半小時大家不太自然地站著講話互損，嘲笑剛到的人（「老天爺，看看誰來了！」）然而到了拳賽結束，通常已經有夠多的玩笑和酒精讓眾人興致高昂，這一夜就在凌晨兩、三點的歌聲和踉蹌腳步中作結。睡了一個早上和下午幫忙做家事之後，法倫的週六通常奉獻給他老婆的娛樂：到附近的戲院看場電影，看完之後去冰淇淋店，到十二點之前兩人通常已經上床。禮拜天在客廳裡昏昏沉沉地看報，接著他的一個禮拜又再開始。

要是那個禮拜五她太太沒有堅持打破他的慣例，或許就不會出事：一部格雷哥萊．畢克的片當晚下片，她說沒理由他這輩子不能錯過一次禮拜五的珍貴拳賽。她是禮拜五早上告訴他的，也是那天出錯的許多事情裡的第一件。

午餐時間——發薪日那天他總是跟辦公室裡另外三個人一起吃飯，在鬧區的德國酒館——其他人都在聊拳賽，而法倫的話不多。對拳賽一無所知的傑克．科佩克（他說上禮拜的賽事「精采得要命」，事實上十五回合都是扭抱和輕拳，比賽結果還是個笑柄），科佩克高談闊論說他看過最精采的賽事是在海軍，接下來大家聊的都是海軍，法倫則無聊地在座位上扭動。

「所以我呢，」科佩克說，用他修過指甲的大拇指指著自己胸骨，一邊講著有史以來他說過第三長的故事，「我上船的第一天，只有身上訂做的海軍制服能看。我不怕嗎？老天爺，我抖得跟一片葉子一樣。學長走過來看到我說：『水手，你以為這是哪裡，你來參加舞會的嗎？』」

「說到檢閱，」麥克．鮑伊說，瞪大了他滑稽的圓眼睛。「我告訴你們，我們有一個指揮官會戴著白手套去摸艙壁；老兄，如果他手套上沾了一點灰塵，你就死定了。」

所有人多愁善感起來。「啊，海軍生涯是好日子，」科佩克說。「乾淨的生活。在海軍裡最棒的是大家各得其所，懂我意思嗎？每個人都有自己的責任在身。我是說啊，搞什麼，陸軍就是一直走路，每個人看起來一樣蠢。」

「兄弟，」小喬治．華許說，把芥末抹在香腸上，「沒錯。我在陸軍待了四年，相信我，他說的沒錯。」

就在這時約翰．法倫終於耐不住性子。「是嗎？」他說。「陸軍的哪個部門？」

「哪個部門？」華許眨著眼睛說。「嗯，我在兵器部待了一陣子，先是在維吉尼亞州，後來去過德州和喬治亞州——你說哪個部門是什麼意思？」

法倫瞇起眼睛繃緊嘴唇。「你應該去步兵部隊看看，老弟。」他說。

「噢。」華許笑得猶豫。

但科佩克和鮑伊接受挑戰，對著他咧嘴笑。

「步兵部隊？」鮑伊說。「步兵部隊裡有什麼，專家嗎？」

「裡頭當然有專家，」法倫說。「步槍連隊的每個王八蛋都是專家，你想知道的話。我還可以告訴你一件事，老弟——沒有人鳥什麼絲手套和訂做制服的，這點我可以打包票。」

「等一下，」科佩克說。「我想知道一點，約翰。你的專長是什麼？」

「我是B.A.R.專家。」法倫說。

「那是什麼？」

法倫這才發現幾年下來辦公室的人變了多少。四九或五〇年那時的老人還在的時候，不知道B.A.R.是什麼的人都會乖乖閉上嘴。

「B.A.R.，」法倫說，放下叉子，「就是白朗寧自動步槍（Browning Automatic Rifle），點三零口徑，可拆卸式彈匣供彈的全自動步槍，十二人步兵隊的主要火力。這樣回答你了解了嗎？」

「什麼意思？」鮑伊問。「你是說像衝鋒槍？」

法倫只好像跟兒童或女孩子說話一樣，再解釋一次這一點也不像衝鋒槍，策略功能完全不同；最後他還得拿出自動鉛筆，在週薪支票信封的背面依照記憶（和感情）畫出槍的側面圖。

「好，」科佩克說，「告訴我一件事，約翰。需要懂什麼才能拿這把槍開槍？到底需不需要什麼特別訓練？」

法倫把鉛筆和信封塞回外套口袋，氣得眼睛瞇成一條線。「你有空可以試試看，」他說。「試試看空腹拿著白朗寧自動步槍走個二十哩路，背上掛著全滿的子彈帶，走在水淹到屁股的沼澤裡，機關槍和迫擊炮夾擊讓你進退兩難，班長對你大吼『B.A.R.舉起來！』你得掩護全排甚至全連隊撤退。有空**試試**看，老弟——**你**就知道需要懂什麼。」他喝了一大口啤酒而咳出來，口水噴到他有曬斑的大手。

「慢慢喝，」鮑伊笑說。「別太拚命，小子。」

但法倫只是擦嘴怒視他們，呼吸沉重。

「好，所以你是英雄，」科佩克輕描淡寫地說。「你是打過仗的軍人。但告訴我一件事，約翰。你在作戰時親自拿這把槍開槍嗎？」

「不然呢？」法倫不動嘴唇地說。

「幾次？」

事實是，當年十九歲、體格健壯、多次被同袍稱為「最厲害的B.A.R.專家」的優秀阿兵哥法倫，在大戰最後兩個月多次帶著他的武器行經烈陽下的道路、田野和森林，帶著槍趴下避開大砲和迫擊炮的猛烈火力攻擊，也拿著它對剛被俘的德國戰俘胸口戳刺；但他只在兩個情況下開過槍，射擊的是野地而不是人，花了沒有擊中過任何目標、第二次還浪費掉的子彈而稍被斥責。

「幾次關你屁事！」他說，其他人低頭看盤子憋笑。他怒視眾人看誰敢笑出聲，但最糟糕的是沒有人說話。大家默默地吃或喝啤酒，過了一會兒便改變話題。

法倫整個下午都沒有笑，下班後跟老婆約在家附近超市買週末的菜時仍然一臉惱怒。她看起來很累，鼻竇炎快發作前的模樣。他邁著沉重的腳步推車跟在她後面，不斷回頭看店裡其他年輕女孩的豐胸擺臀。

「噢！」她叫出聲，放下一盒麗茲餅乾，痛到去摸腳跟。「你推車不能注意方向嗎？我來推好了。」

「你不應該忽然停下來，」他告訴她。「我不知道你要停。」

為了確定不會再撞到她，他只好專心在她細瘦的身體和竹竿一樣的雙腿。從側面看，蘿絲．法倫有一點駝背，走路時屁股好像一個獨立而不美的物體跟在她的背後。多年前，醫生解釋她之所以不孕是因為子宮前傾，說有一套運動或許可以矯正；她敷衍了事地做了一陣子，之後完全放棄。法倫永遠記不得她奇怪的姿勢是因、或體內狀況造成了果，但他可以確定，這個毛病跟她的鼻竇問題一樣，從他們結婚以來愈來愈嚴重；他幾乎能發誓他們初識的時候她是可以站直的。

「你要米花點心還是烤玉米片[1]，約翰？」她問。

「米花。」

「可是我們上禮拜才吃過。你吃不膩嗎？」

「好吧，另一種。」

「你講話幹麼口齒不清？我聽不見。」

「我說烤玉米片！」

走回家的路上，雙手提重物的他比平時還喘。「怎麼回事？」當他停下來換手的時候她問。

「我大概體力比以前差了，」他說。「我應該去打手球。」

「噢，說真的，」她說。「你老是這樣講，但還不是躺在那邊看報紙而已。」

她弄晚餐前先去泡澡，出來以後穿一件寬大的居家服用餐，就是泡完澡一貫的

注1／
米花點心（Post Toasties）與烤玉米片（Rice Krispies）都是早餐食品。

邋遢樣：頭髮濕的，皮膚乾燥，毛孔明顯，沒擦口紅，不笑的嘴巴上緣有微笑的牛奶痕跡。「你要去哪兒？」當他推開盤子站起來時她說。「你看看你——一整杯牛奶還放在桌上。說真的，約翰，是你叫我買牛奶的，我買了你又整杯不喝放桌上。你快點回來把它喝掉。」

他走回去大口灌下牛奶，覺得有點不舒服。

飯後她開始悉心準備外出；他洗完也擦乾盤子過了很久，她還在站在燙衣板前面，熨晚上看電影要穿的衣服和裙子。他坐下來等她。「再不快一點就來不及了。」他說。

「噢，別傻了，我們還有一整個小時。你今天晚上到底是怎麼回事？」

她的高跟鞋在長及腳踝的睡袍下看起來荒謬，特別是她彎下腰張開腳趾要拔掉牆上熨斗插頭的時候。

「你怎麼不做那些運動了？」他問她。

「什麼運動？你在說什麼？」

「你知道，」他說。「你知道啊，就是矯正你只宮前傾的運動。」

「子宮，」她說。「你唸得不對。子宮。」

「管他有什麼差別？你為什麼不做了？」

「噢，說真的，約翰，」她說，把燙衣板收好。「你為何哪壺不開提哪壺？」

「所以你要怎樣？一輩子帶著一個前傾的子宮走來走去？」

「這個嘛，」她說，「我並沒有打算懷孕，如果你是指這個。請問如果我辭職我們要怎麼辦？」

他站起來，開始在客廳踱步，怒視燈罩、水彩花卉畫，以及一個坐著打瞌睡的墨西哥小人瓷花瓶，它的背上馱著一株已經乾掉的仙人掌。他走進臥房，床上放著晚上她要穿的乾淨內衣，他拿起裡頭有海綿乳膠墊的白色胸罩，少了這個她就跟男孩一樣胸前平坦。她走進房裡，他轉過去，拿著胸罩在受驚的她面前揮舞說：「你幹麼穿這該死的東西？」

她把胸罩搶回來退到門邊，眼睛上下打量他。「你聽著，」她說。「我受夠了。你到底要不要控制一下自己？我們到底還要不要去看電影？」

忽然間她看起來如此可悲，令他忍無可忍。他抓了外套推開她往外走。「你愛怎樣就怎樣，」他說。「我要出去了。」然後便摔門走出去。

他走到皇后大道時才放鬆全身肌肉，呼吸慢下來。他沒有在島嶼燒烤店逗留——反正距離拳賽的時間還早，而且他氣到沒辦法跟他們相處。於是他咔嗒咔嗒走下台階進了地鐵站，咻地走過轉門，往曼哈頓去。

他原本的大致方向是時代廣場，但到第三大道就覺得口渴難耐；他出站、上街，走進第一間酒吧，喝了兩杯烈酒再加一杯啤酒；酒吧裡頭光線昏暗，牆壁貼有印花錫片，還有股尿騷味。吧台右手邊坐了個老女人，把手上的菸當指揮棒，邊揮邊唱〈心上人〉，左手邊有個中年男人在跟另一個中年男人說：「嗯，我的看法是：或許你可以說麥卡錫的方法不對，但王八蛋的，你沒辦法否認他的原則。我說的對不對？」

法倫離開這個地方，走進萊辛頓大道上另一間酒吧，裡頭是鍍鉻牆壁和皮椅的裝潢，在微光下每個人看起來都有點藍帶綠。他站在吧台兩個年輕的士兵旁邊，他們的袖子有臂章，肩章下的軍帽有步兵穗帶，身上沒有綬帶——兩人還年輕——但法倫看得出他們不是新兵：比如，他們知道軍用短夾克該怎麼穿——短而貼身——他們的軍靴擦得發黑又柔軟。兩人忽然轉頭朝法倫的方向看，法倫也轉過頭，跟他們一起看一個穿褐色緊身裙的女孩從陰暗角落離開她坐的那一桌。她與他們擦身而過時小聲說「借過」，三人都轉頭去看她的臀部左右扭動，一直到她消失在女化妝室為止。

「老天，這太折騰了。」兩個士兵之中矮的那個說，他的笑涵蓋了法倫，法倫也咧嘴一笑。

「應該立法禁止那樣扭，」高的那個士兵說。「對軍隊不是好事。」

兩人有西部口音，都是金髮、瞇瞇眼的鄉下男孩模樣，像法倫以前在野戰排的同袍。「你們屬哪個部門？」他問。「我應該認得出那個臂章才對。」

他們告訴他，他說：「對，沒錯——我記得。是第七師吧？四四年和四五年？」

「不確定，長官，」矮個士兵說。「我們沒趕上那個年代。」

「來什麼『長官』那套？」法倫興高采烈地說。「我不是軍官，最多也只到一等兵，除了在德國那幾個禮拜當過代理排長，我是拿B.A.R.的。」

矮個士兵仔細看他一眼。「難怪，」他說。「你有B.A.R.專家的身材，那混帳東西可真是重得要命。」

「沒錯，」法倫說。「重是重，但我告訴你，作戰時可是好用的武器。聽著，你們喝什麼？對了，我叫強尼．法倫。」

他們與他握手，喃喃報上名字，當穿褐色裙子的女孩從女化妝室走出來，他們又轉過去看她。他們一直看到她回座，這次專注在上衣裡晃動的豐滿胸部。

「老天，」矮個士兵說，「那一對才夠偉大。」

「搞不好不是真的。」高的說。

「是真的，小子，」法倫向他保證，見多識廣地對他眨眼，回頭喝他的啤酒。

「是真的。如果是假的我從一哩之外就看得出來。」

他們又喝了幾輪，聊軍隊，過一會兒高個士兵問法倫怎麼去中央廣場飯店，他聽說週五晚上那邊有爵士舞會；於是三人坐上計程車沿著第三大道開，法倫付車錢。三人站在飯店等電梯時，他把結婚戒指摘下來塞進褲子的手錶口袋裡。

高挑寬敞的舞廳裡擠滿年輕男女；幾百個人圍坐著一壺壺的啤酒聽音樂或笑鬧，另外幾百人在一排排桌子之間的舞池瘋狂跳舞。遠處的演奏台上，黑白樂手揮汗賣力演出，喇叭在煙霧瀰漫的光線下閃耀。

認為爵士樂聽起來都一樣的法倫，擺出行家的樣子慵懶靠在門口，尖銳的黑管聲令他面色緊繃而眼神朦朧，淡藍色褲子隨著膝蓋的節奏抖動，他的手隨鼓的節奏輕輕彈手指。但讓他像著魔一樣，帶領兩名士兵走到三個女孩那桌，然後在慢歌時立刻起身邀請最漂亮的那位共舞的，並不是音樂。她是個高大健美的黑髮義大利女孩，眉毛上泛了一點汗光，當她領著他繞過桌子往舞池走，他沉醉於她優雅扭動的臀部和飄揚的裙子。在酒精催化的狂歡心情下，他已經知道他帶她回家的情景——在計程車後座黑暗的私人空間，她對他探索的雙手會如何反應，之後在某個模糊的臥房裡，她將如何赤裸地蠕動。他們進到舞池，她轉身舉起手臂，他立刻把她溫暖的身體抱緊。

「嘿，你給我聽好，」她說，生氣地倒彈，連汗濕脖子上的衣帶都飛起來，「你這叫跳舞？」

他鬆手，邊發抖邊咧嘴對她笑。「放輕鬆，蜜糖，」他說。「我不會咬人。」

「『蜜糖』也省省。」她說，到這支舞結束前沒有再開口。

但她得跟著他，因為兩名士兵已經把她的女性友逗得花枝亂顫。現在大家坐同一桌，半小時的時間裡，六人處於焦躁的派對心情：兩個女孩之一（兩個都嬌小金髮）不斷對矮個兒士兵在她耳邊說的話尖聲大笑，另一個讓高個士兵把手放在她脖子上。但法倫的高個子黑髮女孩，先前不得已報了名字為瑪麗，現在沉默地端坐在他旁邊，把膝上皮包的釦環關了又開，開了又關。法倫的手指緊緊抓住她的椅背，但每當他試圖把手放到她肩上，便立刻被甩開。

「你住附近嗎，瑪麗？」他問。

「布朗克斯區。」她說。

「常來？」

「偶爾。」

「要不要來根菸？」

「我不抽菸。」

法倫的臉在發燙，他右邊太陽穴的血管明顯在跳動，汗沿著他的肋骨流下。他就像第一次約會的男孩，被她溫暖的洋裝和香水味，她把玩皮包釦環的纖細手指，還有她豐滿下唇的濕潤光澤，弄得動彈不得也說不出話。

隔壁桌一個年輕水手站起來，雙手合攏在嘴邊對演奏台大喊，室內其他人也接著喊起來。聽起來像「我們要聖人！」但法倫不知道是什麼意思。至少這給了他一個攀談的機會。「他們在喊什麼？」他問她。

「聖人，」她說，快速瞄他一眼把話說完。「他們要聽〈聖人〉。」

「噢。」

之後他們很久沒再交談，直到瑪麗對身邊的女友做出不耐煩的表情。「走吧，嘿，」她說。「走了。我想回家。」

「噢，瑪麗，」另一個女孩說，啤酒和打情罵俏讓她臉色緋紅（她現在戴著矮個士兵的軍帽）。「別傻了。」她看見法倫痛苦的臉，試著幫他忙。「你也在軍隊裡嗎？」她興高采烈問他，從桌子對面往他靠過來。

「我？」法倫說，嚇了一跳。「不，我——以前是。我已經退伍一段時間了。」

「哦，是嗎？」

「他以前是B.A.R. 專家。」矮個士兵告訴她。

「哦，是嗎？」

「我們要聽〈聖人〉！」「我們要聽〈聖人〉！」巨大的舞廳到處傳來叫喊聲，聽起來愈來愈迫不及待。

「好了，嘿，」瑪麗又對女友說了一次。「我們走吧，我累了。」

「那就走啊，」戴軍帽的女孩生氣地回答。「你要走就走，瑪麗。你不能自己回家嗎？」

「不，等等，聽我說——」法倫跳起來。「先別走，瑪麗——這樣吧，我再去買杯啤酒，好嗎？」他在她拒絕之前立刻離開。

「我不要了。」她在他背後大喊，但他已經遠在三張桌子之外，正快速往吧台所在的橢圓形房間走去。「賤人，」他小聲地說。「賤人。賤人。」當他在臨時酒吧排隊，不斷折騰他的影像現在因憤怒而增強：計程車上手腳掙扎和撕碎的衣物碎片；臥室裡的蠻力，被壓制住的疼痛哭聲變成嗚咽，最後變成斷續的慾望呻吟。

噢，他會解放她！他會解放她！

「快點，快點，」他對著吧台後面笨手笨腳拿酒壺、啤酒桶栓和濕漉漉一元鈔票的人員說。

「我們——要——〈聖人〉！」「我們——要——〈聖人〉！」屋裡的唱誦達到最高點。然後，連續的鼓聲逐步增強為殘暴的節奏，到令人受不了之際以一記鈸聲作結，再讓位給響亮刺耳的銅管組，群眾都瘋了。過了幾秒鐘，當法倫拿到他的啤酒壺，轉身離開酒吧，他才明白樂團演奏的是〈聖靈往前行〉。

到處亂哄哄的。女孩尖叫，男孩站在椅子上大吼揮手；玻璃杯被摔碎，椅子被丟得團團轉，四名警察站在牆邊警戒為暴動做準備，樂隊繼續演奏。

聖靈往前行

噢，聖靈往前行……

法倫在噪音中困惑推擠前進，試著找到他的同伴。他找到桌子，但不能確定剛才是坐在這裡——桌上只剩下一個捏扁的菸盒和啤酒杯的水漬，其中一張椅子被踢翻。他以為自己在瘋狂跳舞的人群裡看見瑪麗，但那只是另一個高個子黑髮女孩穿著類似的洋裝。然後他又以為在室內另一頭看見矮個兒士兵在瘋狂揮手，於是走過去，但那只是另一個鄉下男孩面孔的士兵。他的頭轉了又轉，流著汗在混亂的人群裡四處尋找。一個身上粉紅色襯衫全濕的男孩轉圈時用力撞上他的手臂，冰啤酒灌進他的手和袖子裡，這時他才明白他們都走了。他被放鴿子。

他走到外面的街上，鑲有金屬片的鞋跟走得又快又用力，夜裡的車聲跟方才的喧鬧和爵士樂比起來安靜得嚇人。他沒有方向感和時間感地走著，除了鞋跟的重擊、肌肉的拉扯、顫抖吸氣和猛烈吐氣以及脈搏的震動之外，其他什麼也不知道。

他不知道過了十分鐘或是一小時，走了二十條街口或五條，才慢下來站在一小群人的外圍，人群簇擁在一個亮著燈的門口，警察正揮手叫大家走開。

「繼續移動，」其中一個警察說。「前進，拜託，繼續移動。」

但法倫跟其餘多數人一樣站著不動。門口通往某個講堂——他看見裡頭的黃燈下有個佈告欄，還有通往觀眾席的大理石台階。但最吸引他注意的是舉牌抗議的人群：三個年紀與他相仿的男人，眼中燃燒著正義感，戴著某退伍軍人組織的藍金色相間軍便帽，手上的標語寫著：

趕走支持第五條修正案的共產黨員

米契爾教授滾回俄羅斯

抗議米契爾

「移動，」警察說，「繼續移動。」

「公民權個屁，」法倫身邊傳來平板而咕噥的聲音。「那個米契應該被關起來。你聽到他在參議院聽證會說什麼嗎？」法倫點點頭，想起在報上看過好幾次的一張虛弱而高傲的臉孔。

「你看那邊——」那個咕噥的聲音說。「他們來了。現在出來了。」

他們的確出來了。從大理石台階往下，經過佈告欄走到外面的人行道：男人都穿雨衣和油膩的花呢西裝，板著臉的格林威治村女孩穿緊身褲，有幾個黑人，還有幾個非常乾淨、忸怩的男大學生。

抗議的人往後退，站著不動，一隻手高舉標語，另一隻手合攏在嘴巴旁邊喝倒彩，「噓——！噓——！」

人群接著喊：「噓！」「噓！」某人大叫，「滾回俄羅斯！」

「移動，」警察說。「前進，繼續移動。」

「他來了，」咕噥的聲音說。「出來了——那個就是米契。」

法倫看見他：高高瘦瘦，穿著尺寸過大的廉價雙排釦西裝，拿著手提箱，身邊各站了一個戴眼鏡的樸素女人。報紙上那張高傲的臉，現在正慢慢地往左右兩邊看，臉上沉著優越的笑容似乎對著見著的每個人說：噢，你這可憐的傻瓜。你這可憐的傻瓜。

「**殺了那個混蛋！**」

好幾個人回頭看法倫，他才發現自己在大喊；他只知道自己必須不斷地喊，直到把嗓子喊啞，像個哭泣的小孩：「**殺了那個混蛋！殺死他！殺死他！**」

他猛地跨出四大步到人群前面；其中一個拿標語的人放下舉牌衝著他說：「冷

靜點，老兄，冷靜——」但法倫推開他，與另一個人扭打，脫身之後用兩手抓起米契的外套，把他推倒在地，像個壞掉的娃娃。他看見人行道上米契張著嘴、害怕畏縮的臉，而在警察的藍色袖子手臂高舉過他的頭之前，他所記得的最後一件事，是完全的滿足和解脫。

A Really Good Jazz Piano

優秀的爵士鋼琴手

A Really Good Jazz Piano

因為午夜時分電話線的兩頭都很吵，「哈利紐約酒吧」電話接通後一時之間有點混亂。一開始酒保只曉得是坎城打來的長途電話，好像是從某間夜店打來的，接線生慌張的聲音讓人誤以為是緊急事件。當酒保終於把空閒的一隻耳朵緊貼著聽筒，大聲問了幾個問題，才知道原來只是肯・普萊特打來找他朋友卡森・懷勒聊天。他氣得搖搖頭，把電話放在坐吧台的卡森點的綠茴香酒（Pernod）旁邊。

「拿去，」他說。「找你的，老天爺。是你的好朋友。」他跟其他幾個巴黎酒保一樣，和這兩人都熟：卡森是英俊的那個，生了一張慧黠的瘦臉，說起話來有英國口音；肯是笑口常開的胖子跟班。兩人都從耶魯大學畢業三年，趁住在歐洲的時間玩個過癮。

「卡森？」肯著急的聲音在聽筒裡發抖。「我是肯——我就知道你在那兒。聽著，你到底什麼時候下來？」

卡森對著電話皺起漂亮的眉毛。「你知道我什麼時候下去，」他說。「我發電報給你說我禮拜六下去。你是怎麼回事？」

「哈，我沒事——可能有一點醉吧。不是，你聽我說，我打電話給你是因為，這裡有個叫席德的傢伙，彈得一手超棒的爵士鋼琴，我要你聽聽。他是我朋友。聽著，你等一下，我把電話拿靠近點讓你聽。你聽一下。等等。」

話筒裡傳來模糊的摩擦聲，肯的笑聲和另一個人的笑聲，然後是鋼琴聲。在電話裡聽起來尖銳刺耳，但卡森聽得出彈得很好。歌曲是〈甜蜜蘿倫〉（Sweet Larraine），豐富的經典手法，一點也不商業，他覺得詫異因為肯對音樂的鑑賞力通常很差。過了一分鐘他把電話拿給一起喝酒的陌生人，一個來自費城的農機推銷員。

「你聽聽，」他說。「一流的。」

農機推銷員一臉困惑地把耳朵貼著聽筒。「什麼東西？」

「〈甜蜜蘿倫〉。」

「不，我是說這怎麼回事？電話是從哪裡打來的？」

「坎城。肯在那邊發現的一個人。你見過肯吧？」

「沒有，」推銷員說，對著電話皺眉。「拿去，鋼琴聲停了，有人在說話。你最好接一下。」

「喂？喂？」肯的聲音說。「卡森？」

「是，肯。我在。」

「你跑哪兒去了？剛才那個人是誰？」

「一位來自費城的先生，叫——」他抬頭詢問。

「伯丁格。」推銷員說，整整身上的大衣。

「伯丁格先生。我們一起坐在吧台。」

「哦。好吧，聽我說，你覺得席德彈得怎麼樣？」

「很好，肯。告訴他我說是一流的。」

「你要不要跟他說話？他就在旁邊，等一下。」

又是模糊的噪音，然後一個低沉中年男子的聲音說：「你好。」

「你好，席德。我叫卡森．懷勒，我很喜歡你彈琴。」

「噢，」那個聲音說。「謝謝你，非常感謝。我很感激。」有可能是黑人或白人的聲音，但卡森假定他是黑人，主要是從肯說「他是我朋友」的語氣帶點自覺和自傲來判斷。

「我這週末會去坎城，席德，」卡森說，「期待到時——」

但席德顯然已經把電話交還給肯，因為肯的聲音插進來。「卡森？」

「怎樣？」

「聽著，你禮拜六幾點到？我是說火車時間什麼的？」他們本來打算一起去坎城，但卡森在巴黎跟一個女孩談起戀愛，肯只好自己一個人先出發，以為卡森一個禮拜後就去找他。現在已經過了快一個月。

「我不知道確切哪一班，」卡森有點不耐煩。「很重要嗎？我們禮拜六在飯店碰面就對了。」

「好吧。哦等等，還有，你聽我說，我打電話是因為我想贊助席德加入ＩＢＦ。

可以嗎？」

「好，好主意。叫他聽。」等待的時候他拿出鋼筆，要酒保拿出ＩＢＦ會員名冊。

「你好，又是我，」席德的聲音說。「我現在是要加入什麼？」

「ＩＢＦ，」卡森說。「全名是『國際吧蠅』（International Bar Flies），之前有人在哈利酒吧創辦的，很久以前，我也不知道什麼時候。算是個俱樂部。」

「很好。」席德輕笑一聲說。

「好，總的來說是這樣，」卡森開始，就連覺得「國際吧蠅」無聊又煩人的酒保也笑著看他認真仔細地說明——每名會員會收到一枚有蒼蠅標誌的翻領徽章，以及一本印有會員規則及全球「國際吧蠅」酒吧的手冊；其中最重要的規則是，會員碰面時必須以右手食指在對方肩膀掃一下，一邊發出「嗡，嗡！」的聲音。

這是卡森的特殊才華之一，他可以從瑣碎的事找出樂趣，且面不改色地轉述給另一個人聽。大多數人為爵士樂手描述「國際吧蠅」時，一定會不好意思地笑笑，並補充說明，這東西當然是寂寞觀光客想出來的可悲小遊戲，是個老古板玩意兒，就因為缺乏深度才好玩；但卡森講得一本正經。就像在耶魯時，他曾經讓一群比較文藝的學生，把禮拜天早上認真詳讀《紐約鏡報》的幽默版當成流行的事情；近來，這樣的個性特質讓他大受許多偶遇之人的喜愛，尤其是他現在交往的女孩，他就是為了這個瑞典來的美術系學生而留在巴黎。「你對任何事情的品味都真棒，」兩人共度的第一個難忘夜晚她這麼告訴他。「你有一顆教養很好、非常有原創性的頭腦。」

「清楚了嗎？」他對著電話說，喝一口他的綠茴香酒。「好的，席德，請給我你的全名和地址，我在這邊處理好一切。」席德拼出他的名字，卡森仔細寫在會員名冊上，把自己和肯列為贊助人，伯丁格先生在一旁看著。一切結束之後，肯的聲音依依不捨地說了再見，然後掛斷。

「那通電話一定很貴。」伯丁格先生說，對他另眼相看。

「你說得對，」卡森說。「我想是的。」

「這個會員名冊是怎麼回事？什麼吧蠅的。」

「哦，你不是會員嗎，伯丁格先生？我以為你是。來，我贊助你吧，如果你願意的話。」

事後，伯丁格先生描述他從中得到無比的樂趣：一直到凌晨他還在酒吧裡，悄悄走到很多人身邊對他們嗡嗡兩下。

卡森沒有在禮拜六到坎城，因為他花了比預期中更久的時間來結束與瑞典女孩的戀情。他預期哭泣的場面，或至少勇敢地交換柔情承諾與微笑，然而她對於他的離開卻是那麼隨興——甚至滿不在乎，彷彿她已經專注在下一顆教養很好、非常有原創性的頭腦上——焦慮逼得他多次更改行程，但只讓她覺得不耐煩，自己覺得被拋棄。他又跟肯通了幾次電話，一直到下個週二下午才到坎城。當他牛步走到月台上，因為宿醉而全身僵硬發餿，他咒罵自己為什麼要來這裡。太陽攻擊他，熱度深入他的頭皮，他起皺的西裝下立刻飆出一身汗；陽光在路邊的汽車和摩托車的鍍鉻金屬外殼製造刺眼的閃光，讓粉紅色建築物外表升起一股病態的藍色蒸氣；陽光照在他身邊衣著鮮豔的大群觀光客身上，他們推擠著他，露給他看身上所有的毛孔、店裡新買的運動衫、手上抓緊的行李箱和身上掛著的相機，以及急著大笑大喊的嘴巴。坎城就跟世界上任何一個度假勝地沒什麼不同，匆匆忙忙而令人失望；他為什麼沒有留在他歸屬的地方，某個高層樓、涼爽的房間裡，跟一個長腿女孩在一塊兒？他為什麼讓自己被人哄著坐上火車來到這裡？

然後他看見肯的開心面孔在人群中上下跳動——「卡森！」——他來了，一個孩子氣的胖子，跑步時大腿內側在摩擦，笨手笨腳地歡迎他。「計程車在這邊，你的袋子拿著——好傢伙，你看起來還真累！先去沖個澡喝一杯吧？你到底好不好？」

車子開進夸賽特大道，卡森輕鬆地坐在計程車後座，迎面而來是明亮的藍色金色和令人舒活的海風，他開始放鬆。這麼多女孩子！簡直一望無際；而且跟老朋友肯再聚在一起也很好。現在顯而易見了，要是他留下來，巴黎那檔子事只會愈來愈糟糕。他走得正是時候。

肯話講個不停。卡森沖澡時他不斷在浴室進進出出，把口袋裡的零錢弄得叮噹響；他的說笑聲宏亮又開心，像一個好幾個禮拜沒聽見自己聲音的人。事實是，肯不在卡森身邊時，從不曾真正開心過。他們倆是最要好的朋友，但兩個人都知道這不是一段平衡的友誼。在耶魯時，肯若非身為卡森那個無聊但無法割捨的同伴，可能不會有人找他做任何事。這個模式到了歐洲也完全沒變。大家到底討厭肯的什麼地方？這問題讓卡森想了多年。只因為他又胖又拙，或者他為了討人歡心會做出咄咄逼人又傻氣的行為？但這些基本上不都是會讓人喜歡的特質嗎？不，卡森覺得，他能想到最有可能的解釋，就是肯笑的時候上唇會往回捲，露出一小片潮濕的內唇緊貼著牙齦抖動。有這種嘴唇的人大多不覺得這算什麼缺陷——卡森也同意——但每個人想到肯．普萊特時，最記得的就是這點，無論是否提到其他規避他的理由；總之，這也是卡森自己在惱火時最先注意到的，比如現在。他只想擦身體、梳頭髮、換上乾淨衣服，然而這個開得很大又動來動去的雙唇笑容不斷擋住他的去路，哪裡都見得著；它擋著毛巾架，太靠近他混亂的皮箱，在鏡子裡遊走遮住他打領帶的視線，直到卡森不得不咬緊下巴以免自己大喊：「夠了，肯——你給我**閉嘴**！」

但幾分鐘之後，他們已經在陰涼安靜的飯店酒吧坐定。酒保正在剝檸檬，俐落地一掐，立刻用拇指和小刀刀鋒拉出一段明亮的果肉。好聞的檸檬香，加上霧狀碎冰裡的琴酒味，讓他們又完全放鬆下來。幾杯冰馬丁尼淹沒了卡森最後的怒氣，當他們離開酒吧、晃走在人行道上要去吃晚餐時，昔日友情和熟悉的肯對他源源不絕的仰慕，讓他覺得自己又壯大了起來。這感覺帶點悲傷，因為肯不久後就得回美國去。他的父親在丹佛是作家，撰寫一份關於商業出版的諷刺週報，正等著肯回去做資淺合夥人的工作。肯在索邦大學的課業早已修畢，表面上這是他來法國的理由，所以現在沒藉口再逗留。卡森比較幸運，在這方面以及其他方面亦然，他不需要藉口：他有一份優渥的個人收入，也沒有家庭牽絆；如果他願意，還能在歐洲四處遊覽多年，尋找讓他感興趣的事物。

「你還是白得跟一張紙一樣，」他在餐桌對面告訴肯。「你沒去海邊嗎？」

「當然有啊。」肯快速看了盤子一眼。「我去過幾次。只是最近的天氣沒那麼好罷了。」

但卡森知道是因為肯不好意思光著身子，於是改變話題。「噢，對了，」他說。「我有帶『國際吧蠅』的東西來給你那位鋼琴家朋友。」

「噢，太棒了。」肯抬起頭，看起來著實鬆了一口氣。「吃完飯我就帶你過去吧？」彷彿為了這一刻快點到來，他叉了一大口滴汁的沙拉放進嘴裡，捏了太大塊的麵包一起嚼，拿剩下的那頭去吸盤子裡的油和醋。「你會喜歡他的，卡森，」他邊嚼邊嚴肅地說。「他是個很棒的人，我很佩服他。」他費點勁吞下去繼續說：「我是說，他有那樣的才華，隨時可以去美國賺大錢，但他喜歡這裡。當然，他在這邊有個女朋友，一個很可愛的法國女孩，我猜他可能沒辦法帶她一起回去——但其實應該不只是這樣。這裡的人接受他，身為一個藝術家，也身為一個人。沒有人看不起他，沒有人想去干涉他的音樂，他這輩子要的就是這樣。噢，這不是他自己說的——如果是的話可能很無聊——但你從他的人可以感受到。從他講的每一句話，還有他整個人的思想態度。」他把浸了油醋的麵包塞進嘴裡，嚼得很有權威。「我是說，這傢伙**真正**有骨氣，」他說。「很了不起。」

「而且聽起來是彈得他媽的好，」卡森說，伸手拿酒瓶，「光就我聽到的一小部分而言。」

「等你現場聽過再說，他進入狀況的時候。」

兩人都滿意這次是肯的發現。過去帶頭的永遠是卡森，他找到女孩，他學會諺語，他知道每分每秒怎麼度過最好；是卡森找到巴黎各個有趣、絕對看不見美國人的地方。正當肯也開始自立門戶，卡森卻相反地把哈利的酒吧變成最有趣的一個角落。從頭到尾肯都樂於跟隨，搖頭感激讚歎，但自己一個人在陌生城市挖掘到一個無法被收買的爵士樂手絕對不是件小事。這證明肯畢竟沒有完全依賴他，對兩人都是加分。

席德表演的場所屬於昂貴的酒吧而非夜店，距離海邊幾條街，是一個鋪地毯的地下室小空間。時間還早，他們看見他自己一個人坐在酒吧前喝酒。

「嗯，」他看見肯的時候說。「你好啊。」他是個矮壯、衣服剪裁講究、皮膚很黑的黑人，笑起來一口健康的白牙。

「席德，我要你見見卡森．懷勒。那次你跟他在電話上聊過，記得嗎？」

「對噢，」席德邊握手邊說。「對噢。幸會，卡森。兩位喝點什麼？」

他們舉行簡單的儀式，把「國際吧蠅」徽章別到席德深色華達呢西裝翻領上，在他的肩膀嗡嗡兩下，也把兩人同一式的麻織布西裝上衣肩膀讓他嗡嗡兩下。「嗯，這還不賴，」席德說，一邊輕笑一邊翻手冊。「很好。」然後他把手冊放進口袋，喝完他的酒，從坐著的酒吧高腳凳上移開。「失陪一下，我得工作去了。」

「現在還沒幾個觀眾。」肯說。

席德聳肩。「像這種地方我還寧願人少。人一多就會有老古板點〈深入德州〉（Deep in the Heart of Texas）或其他該死的東西。」

肯笑笑對卡森眨眼，兩人轉頭看著席德在鋼琴前面坐下。鋼琴放在室內另一頭有打燈的低台座。他隨意摸摸琴鍵，彈了幾個零散的樂句和和弦，像個工匠在撫弄工具，然後開始認真彈。強烈的節奏浮現，接著是旋律的爬升和搖擺：他重新編曲的〈寶貝，回家吧〉（Baby, Won't You Please Come Home）。

他們待了好幾個小時聽席德彈琴，他一休息就買酒請他，明顯令其他顧客羨慕不已。席德的女友來了，棕髮而高䠷，明亮而看似受驚的一張臉稱得上美麗，肯介紹她的時候壓抑不住語氣裡的炫耀：「這位是賈克琳。」她小聲說自己不太會說英文，席德再度休息的時候——店裡現在已逐漸坐滿，一首曲子彈畢有不少掌聲——四個人坐在同一桌。

肯現在大多讓卡森講話；他光是坐在那裡已經心滿意足，微笑對著一桌的朋友，表情像個吃飽飯的年輕教士一樣安詳。這是他在歐洲最快樂的一夜，連卡森也料不到他快樂的程度。幾小時的時間填滿了過去一個月的空虛，從卡森說「那你就去啊，你不能自己去坎城嗎？」開始。多少個大熱天，他在夸賽特大道走到腳起水泡，就為了偷看躺在沙灘上幾乎裸體的女孩；百般無聊地擠公車到尼斯、蒙地卡羅和聖保羅；還有那天他花了貴三倍的錢在一間黑心藥房買了一副墨鏡，然而一看櫥窗裡的倒影卻發現自己像隻盲眼的大魚；年輕、有錢又有閒，身在里維埃拉——里維埃拉！——卻沒事好做，這可怕的感覺沒日沒夜地折騰他。到的第一個禮拜他跟了一個妓女回家，她不懷好意地笑，尖聲尖氣索求高價，一看見他的身體時臉上嫌惡地抽動，把他嚇到不舉；其餘的晚上他從酒吧到酒吧喝到醉或吐，害怕妓女，害怕女孩子的拒絕，甚至不敢跟男人說話，唯恐被當成同性戀。他曾經花一整個下午待在法國版的十元商店，假裝自己有興趣買釦鎖、刮鬍膏和便宜玩具，走在窒悶又明亮的店裡，他想家想到喉嚨緊繃。他曾連續五天晚上躲在黑暗戲院裡尋求美國電影的慰藉，就像多年前在丹佛，他也是這樣避開叫他肥豬普萊特的男孩們。他最後一次從事這種消遣回到飯店是哭著睡著的，嘴裡還有甜膩的巧克力奶油味。但這一切都溶解了，在席德大膽優雅的琴聲，在卡森迷人的笑容，以及音樂一停卡森就舉起手鼓掌的樣子之中。

午夜過後，除了席德以外每個人都已經喝得太多，卡森問他離開美國已經多久。「開戰之後，」他說。「我跟軍隊一起來，一直沒回去。」

這時，被一身汗和快樂所籠罩的肯，高高舉杯敬酒。「老天為證，希望你永遠不必回去，席德。」

「為什麼說『不必』？」賈克琳說。陰暗的燈光下，她的臉看起來嚴峻而清醒。「你為什麼這麼說？」

肯對她眨一眨眼。「我的意思只是——你知道的——他不必出賣自己。當然他不會了。」

「『出賣自己』是什麼意思？」一陣尷尬的沉默，直到席德以他低沉富有磁性的聲音笑了笑。「放心，親愛的，」他說，然後轉向肯。「我們倒不是這麼看，你知道。其實我正想盡各種方法要回美國，去那邊賺點錢。我們倆都這樣想。」

「噢，但你在這裡過得很不錯啊？」肯說，幾乎像在懇求。「你在這裡賺的錢也夠，不是嗎？」

席德耐心一笑。「但我不是指這種工作，你知道。我指的是賺大錢。」

「你知道莫瑞．戴蒙是什麼人嗎？」賈克琳問，眉毛揚起。「那個拉斯維加斯的夜店大亨？」

但席德邊搖頭邊笑。「親愛的，等等——我一直跟你說那件事八字還沒一撇。莫瑞．戴蒙幾天前來過這裡，」他說明。「他沒待多久，但說這禮拜會找一天晚上再過來。對我來說是個好機會。當然了，就像我剛才說的，還不能仰賴這件事。」

「但是**老天**，席德——」肯不解地搖頭；他的臉色因憤慨而緊繃，還握拳拍桌。「你為什麼要賣身？」他質問。「該死，你**知道**去美國的話，人家會要你賣身的！」

席德仍然微笑，但眼睛稍微瞇起來。「我想這端看你從哪個角度想。」他說。

對肯而言，最糟的是卡森立刻出面搭救。「哎，我相信肯不是那個意思，」他說，肯自己則喃喃道歉（「不，當然了，我只是說——你知道的……」）卡森繼續說了幾句輕鬆、機智、只有他才說得出來的話，一直到完全化解尷尬。到了說晚安的時候，大家微笑握手，許諾很快再相見。

然而他們一踏到街上，卡森立刻轉過來看著肯。「你剛才幹麼那麼他媽的天真？你看不出有多尷尬嗎？」

「我知道，」肯說，加快腳步趕上卡森長腿的步伐。「我知道。但該死，他讓我失望，卡森。重點是我從來沒聽過他那樣**說話**。」當然了，他沒說那天晚上害羞的攀談就是他唯一一次聽見席德說話。之後便是哈利酒吧那通電話，再之後肯快速溜回飯店，害怕人家不再歡迎他。

「就算這樣，」卡森說。「你不覺得他要做什麼是他的事嗎？」

「好啦，」肯說。「**好啦**。我跟他道歉了不是嗎？」因為他一時覺得很慚愧，以至於過了幾分鐘才發現，從某方面來看，他其實沒有表現得太差。畢竟，卡森今晚唯一的成就只是交際手腕和安撫；更引人注目的是他才對。無論天真與否，衝動與否，能夠大聲說出自己心裡的話不是很令人敬重嗎？他舔舔嘴唇，邊走邊看著卡森的側影，挺起肩盡可能直行，試著跨出男人一般的大步伐。「我的感覺就是這樣，沒辦法，」他堅定地說。「當我對某人失望，我會表現出來，就這樣。」

「好吧，算了。」

雖然不可置信，但肯幾乎可以確定，他從卡森的語氣聽出一點勉為其難的敬意。

隔天一切都不對勁。下午天色漸暗時，兩人萎靡地坐在一間離火車站不遠、勞工聚集的咖啡店，幾乎不說話。而且這一天的開始異常順利——這就是麻煩所在。他們睡到中午，吃完飯以後去海邊，因為有伴的時候肯不介意去。沒多久他們就搭上兩個美國女孩，卡森處理這種事一貫輕鬆與得體。一分鐘前女孩們還是惱怒的陌生人，互相幫對方塗精油，一副只要被打擾就報警的模樣，下一分鐘兩人被卡森逗到眉開眼笑，把酒瓶和環球航空藍色拉鍊包移開，讓位給意外的客人。高的那個給卡森，她有修長緊實的大腿，聰慧的眼神，把頭髮撥到後面的樣子是正格的美女；矮的那個給肯——可愛又好脾氣的雀斑姑娘，從她每一次愉快的瞥視和姿態來看，她已習慣了當二號。肯趴在沙灘上，下巴擺在交疊的拳頭上，他的笑臉離她溫暖的雙腿很近，他幾乎感受不到通常在這種時候會阻礙他對話的壓力。就連卡森和高䠷女孩起身跑進海裡玩水，她對他仍然興致未減：她好幾次說索邦大學「肯定很有意思」，而她同情他得回丹佛，雖然這樣「可能最好」。

「然後你朋友會無限期待在這裡？」她問。「他說的是真的嗎？我是說，他沒在讀書也沒工作？就這樣到處流浪？」

「嗯——對啊，沒錯。」肯試了卡森式的瞇眼微笑。「怎麼了？」

「就很有趣。我好像從來沒碰過像他這樣的人。」

此時肯才慢慢了解，在笑聲和布料極少的法式泳裝所掩飾下的這兩個女孩，是他和卡森已經很久沒遇到過的那種——在郊區長大、中產階級，經父母同意才參加旅行團來此地旅行；她們吃驚時說「天哪」[1]，在校園商店買衣服，小心翼翼的走路方式，讓她們走在街上明眼人一看就知其出身。這種女孩子曾經聚在調酒缸旁邊，對著第一次穿燕尾服的他悄悄發出「噁！」的聲音，她們無知又令人捉狂的排斥眼光看著他，戕害了他在丹佛和紐黑文[2]的每一天。她們是規矩又無趣的女孩。但了不起的是，現在他感覺很好。他翻身用一隻手臂支撐全身重量，慢慢抓起一把沙子又放掉，不斷重複這個動作，他發現自己說話流暢又平順：「……但真的，巴黎很多地方值得一看；可惜你們不能在那裡多待幾天；其實我喜歡的地方大多是比較少人去的；當然我運氣好，法文說得還可以，然後也碰到很多興趣相投的……」

他自己一個人穩住場面；他在調情。他幾乎沒注意到卡森和高䠷女孩游完泳小跑步回來，輕盈健美一如旅遊海報上的男女。兩人一屁股坐下忙著拿毛巾拿菸，發抖笑著說海水有多冷。現在卡森一定也發現這些女孩的底細了，肯只擔心他會決定不想跟她們浪費時間。但一瞄到卡森說話時臉上的狡猾笑容，他心安了：卡森坐定在高䠷女孩腳邊，她正站著用毛巾擦後背，胸部的擺動非常迷人，顯然卡森決定堅持到底。「聽著，」他說。「我們大家一起吃晚飯吧？之後說不定可以——」

兩個女孩開始喋喋不休說她們有多遺憾：恐怕不行，但還是謝謝邀約，她們跟朋友約了在飯店吃飯，雖然百般不願意，其實現在應該動身了——「天啊，這麼晚了！」她們聽起來真的很遺憾，遺憾到肯還鼓起勇氣，伸手牽起矮個女孩在大腿旁邊擺動的那隻溫暖漂亮的手，四人踩著沙走回淋浴間。她甚至捏了捏他的胖手指，對他微笑。

「那就改天嗎？」卡森說。「在你們走之前？」

「嗯，其實，」高䠷女孩說，「我們幾乎每天晚上都有事。但說不定會在海灘再碰到你們。剛才很開心。」

「該死又傲慢的新羅謝爾[3]婊子。」他們兩個獨自在男淋浴間時，卡森說道。

「噓！小聲點，卡森。會被她們**聽見**。」

「噢，你別笨了。」卡森把短褲在木板上甩出一把沙。「被她們聽見才好——你有什麼毛病？」他憎惡地看著肯。「該死的專門玩弄人的處女。老天，我為什麼不留在巴黎就好？」

注1／
golly Moses。老式禮貌的驚嘆語，因為沒用到god或damn等字眼。

注2／
耶魯大學所在地。

注3／
紐約州的郊區。

然後就到現在，兩人透過痕跡斑斑的窗戶看著日落，卡森怒目，肯則面帶慍色，一群身上有大蒜味的勞工圍著彈子台又笑又叫。兩人喝酒喝到過了晚餐時間，很晚才吃了不愉快的一餐，葡萄酒有酒塞味，炸馬鈴薯太油膩。髒盤子收走之後卡森點了根菸。「你晚上想做什麼？」他說。

肯的嘴巴和臉頰泛著一點油光。「不知道，」他說。「很多好地方可以去吧。」

「再去聽席德彈琴會不會冒犯你的藝術品味？」

肯回了他一個無力、有點惱火的笑。「你還要講那件事？」他說。「我當然願意去。」

「雖然他可能會賣身？」

「別再說了，卡森。」

他們走在街上，還沒到從席德的店門口傾瀉出來的一小方燈光，就能聽到琴聲。下樓時琴聲愈來愈強烈豐富，現在混合了嘶啞的男性歌聲，但一直到進了屋裡，當他們瞇眼透過藍色的煙霧看過去，才發現歌手是席德本人。他半閉著眼，頭往肩膀轉，對著觀眾微笑，邊唱邊擺動身體，手在琴鍵上彈動。

「老兄，她那對眼睛……」

藍色聚光燈打在他牙齒表面的濕潤，和太陽穴滲出來的汗珠上，映照出閃爍的星星。

「比夏日天空還明亮

你一見就明白

為何我愛甜蜜的蘿倫……」

「他媽的爆滿了，」卡森說。酒吧沒有空位，但他們還是靠近站了一會兒，看席德表演，後來卡森發現在他正後方坐在吧台的女孩就是賈克琳。「噢，」他說。「你好。今晚人很多。」

她微笑點頭，然後轉頭回去看席德。

「我不知道他也唱歌，」卡森說。「是新的橋段？」

她收起笑容不耐煩地皺起眉頭，伸出食指放在嘴唇前。卡森碰了釘子，回頭把重量從一隻腳移到另一隻腳。然後他推了肯一把。「你要走還是要待？要待的話我們至少坐下。」

「噓！」好幾個人從座位上轉過來對他皺眉。「噓！」

「來吧，」他說，領著肯小心翼翼但東碰西碰地穿越一排排聽眾到唯一的空桌，這個位置太靠近樂手，桌面有打翻的飲料，剛才為騰出空間才被推到這裡。坐定之後，他們看見席德並非看著全部觀眾。他是唱給坐在隔幾張桌子，一對身穿晚禮服、看起來有點無聊的男女聽。銀色金髮的女孩或許是什麼電影明星，矮胖禿頭而黝黑的男人錯不了就是莫瑞．戴蒙，簡直是被選角指導挑出、叫來演這個角色的演員。席德的大眼睛偶爾往屋裡其他地方或煙霧籠罩的天花板看，但似乎只有看這兩個人的時候才對焦。就連歌曲結束，獨剩一段長而複雜的鋼琴獨奏，他還是不斷注意那對男女是否在看。彈完之後響起如雷的掌聲，禿頭男抬起頭，叼著一個琥珀菸嘴，拍了幾下手。

「很好，山姆。」他說。

「我叫席德，戴蒙先生，」席德說，「總之還是感謝您。很高興您喜歡，先生。」他往後靠，轉頭咧著嘴笑，手指在琴鍵上遊走。「您喜歡聽什麼特別的嗎，戴蒙先生？懷舊的，正宗迪克西蘭爵士，還是來點搖擺樂，或是甜蜜一點，所謂的商業歌曲？什麼歌都有，就等您挑選。」

「什麼都有是嗎，席德？」莫瑞．戴蒙說，金髮女孩附耳過去說了幾句話。

「〈星塵〉怎麼樣，席德？」他說。「你會彈〈星塵〉嗎？」

「戴蒙先生，要是不會彈〈星塵〉，我看我沒辦法在這一行混太久，無論是法國或是任何國家。」他的咧嘴微笑變成低沉做作的笑，雙手彈起歌曲開頭的和弦。

這時卡森給了肯幾個小時以來第一個友善姿態，面有愧色又感激地看著他。他把椅子挪向肯這邊，用低到不會招致抱怨的音量跟他說話。「你知道嗎？」他說。「太噁心了。我的天，我不管他是不是想去拉斯維加斯，也不管他會不會為此到處幫人吹喇叭。這個了不起，讓我想吐。」他打住，對著地板皺眉，肯看著他的太陽穴青筋如小蟲扭動。「裝什麼假口音，」卡森說。「學什麼雷默斯叔叔[4]那一套。」

注4／
十九世紀出版的黑人民謠故事中的主角。

然後他做出突眼仰頭的樣子，惡意模仿席德。「是的，戴蒙老爺。您想聽什麼，戴蒙老爺?什麼歌都有，就等您挑選，呵呵呵，我滿嘴狗屎!」他把酒喝光，用力放下酒杯。「你他媽的很清楚他不必那樣說話。你知道他是個聰明受過教育的人。我的天，在電話上我甚至不確定他是黑人。」

「嗯，對啊，」肯說。「是有點令人洩氣。」

「令人洩氣?是丟人現眼。」卡森噘起嘴唇。「墮落。」

「我知道，」肯說。「那天我說出賣自己大概就是這個意思。」

「你果然沒錯。簡直快讓人對黑人種族絕望了。」

對肯而言，被肯定一直是他最興奮的事，尤其在今天這種日子。他把酒一飲而盡，坐直了身子，將上唇的汗漬抹掉，緊閉著嘴唇，顯示他對黑人種族的信心也嚴重動搖。「老天，」他說。「我真的看錯他了。」

「不，」卡森向他保證。「你又不可能知道。」

「聽著，那我們走吧，卡森。別理他了。」肯的心裡已經做好盤算：待會兒兩人就先在涼爽的夸賽特大道上散步，花一點時間認真討論骨氣的意義，是有多罕見又多容易造假，以及骨氣的追尋是人生唯一值得奮鬥的事，一直討論到白天的不愉快都消失為止。

但卡森把椅子往後推，邊笑邊皺眉。「走？」他說。「你怎麼回事？難道你不想留下來看這個奇觀？我想。你難道不覺得這超級吸引人？」他舉起杯子，示意再來兩杯白蘭地。

〈星塵〉優雅地結束，席德站起來被掌聲包圍，準備休息片刻。他往前走下台時人就在他們這桌的正上方，汗滴在他的大臉上發亮；他經過兩人身邊，卻直直看著戴蒙的桌子，走過去停下來說：「謝謝您，先生。」但戴蒙沒跟他說話，逕自往酒吧走去。

「我猜他以為自己沒看見我們。」卡森說。

「這樣也好，」肯說。「我不知道要跟他說什麼。」

「你不知道？我想我知道。」

屋裡悶不透風，肯手上的白蘭地看起來和聞起來都有點令人生厭。他用汗濕的手指鬆開領口和領帶。「走吧，卡森，」他說。「我們離開吧，出去透透氣。」

卡森不理他，看著酒吧發生的事。席德喝了一杯賈克琳拿給他的酒，然後去男廁。幾分鐘後他回來，擦過臉也打理過自己，卡森轉頭研究自己的酒杯。「他來了。我想我們會得到盛大的招呼，因為戴蒙的關係。你看著。」

一會兒之後席德的手指擦過卡森肩膀的布料。「嗡，嗡！」他說。「今天晚上好嗎？」

卡森緩慢地回頭。他半閉著眼看了席德的微笑一秒鐘，就像看一個不小心碰到他的服務生，然後回頭繼續喝酒。

「糟糕，」席德說。「我可能沒做對。說不定嗡錯肩膀。我還不太熟悉規則和規章。」莫瑞．戴蒙和金髮女子在看，席德對他們眨眼，用拇指秀出翻領上的「國際吧蠅」徽章，移動到卡森椅子後面的另一邊。「我們都屬於這間俱樂部，戴蒙先生，」他說。「『吧蠅俱樂部』。問題是我還不太熟悉規則和規章。」他去碰卡森另一邊肩膀，現在幾乎整間店的人都在注意他。「嗡，嗡！」這次卡森縮一縮身子把西裝外套拉開，對著肯困惑不解地聳肩，彷彿在說：你知不知道這個人要幹麼？

肯不知道該笑還是嘔吐；這兩個慾望忽然間都很強烈，但他板著臉。之後很長一段時間，他還記得自己靜止不動的雙手間擦拭過的黑色塑膠桌面，彷彿全世界只剩下這個穩定的平面。

「嘿，」席德說，往後退到鋼琴旁，臉上的笑容呆滯。「怎麼回事？這是什麼陰謀？」

卡森等現場一片死寂，才做出忽然想起什麼的樣子，彷彿說：噢，對了！他站起來走向席德，他不解地後退一步走到聚光燈下。卡森面對著他，伸出一隻微彎的食指碰了他的肩膀。「嗡，」他說。「這樣可以了嗎？」轉身走回座位。

肯希冀某人會笑──任何人都好──但沒有人笑。屋裡沒有任何動靜，只見席德臉上的笑容逐漸消失，嘴唇慢慢合攏遮住牙齒，以及漸漸瞪大的眼睛。

莫瑞．戴蒙也在看他們，只略略看了一眼──一張強悍黝黑的小臉──然後清清喉嚨說，「來一首〈擁抱我〉如何，席德？你會彈〈擁抱我〉嗎？」席德坐下來開始彈，眼神空洞。

卡森以尊貴的模樣點頭要賬單，把確切數字的千元和百元法郎放在桌上。他走出去似乎不花一點功夫，熟練穿過桌子步上台階，但肯花的時間就多了。他在煙霧中顛簸前進，像一隻被囚禁的大熊，還沒經過最後幾張桌子就碰上賈克琳的眼神。她的眼神毫不留情盯著他鬆垮臉上顫抖的笑容，射穿他的背，讓他在上樓時跌跤。當冷靜的夜風一吹到他，當他一看見卡森直挺的白西裝走在幾道門之外的距離，他知道自己想做什麼。他想跑過去用全身力量在他肩膀之間用力打下去，狠狠的一劈，讓他跌倒在街上，然後他會再打他一次，或許踢他——對，踢他——他會說，你該死！你該死，卡森！字句已經在他嘴裡，他已經準備出擊，這時卡森在路燈下停住轉過來面對他。

「怎麼回事，肯？」他說。「你不覺得好笑嗎？」

他說了什麼並不重要——有那麼一分鐘，彷彿卡森說的話再也不重要了——而是卡森臉上的表情竟離奇地跟肯的內心如此相似。那張臉，就是他肥豬普萊特這輩子一直做給別人看的：焦慮、無助又無可救藥地依賴他人，想笑但笑不出來。那表情說的是：請不要丟下我一個人。

肯低下頭，既不是因為憐憫也不是因為羞恥。「該死，我不知道，卡森，」他說。「算了。我們找個地方喝咖啡。」

「好吧。」他們又走在一塊兒。現在唯一的麻煩是，他們剛才一出門就走錯方向：要到夸賽特大道，就得回頭經過席德店門口的燈光。就像過火，但他們很快走過，任誰都會說他倆泰然自若。他們昂著頭直視前方，只聽見一、兩秒的琴聲，接著琴音漸弱，被兩人富有節奏的腳步聲蓋過。

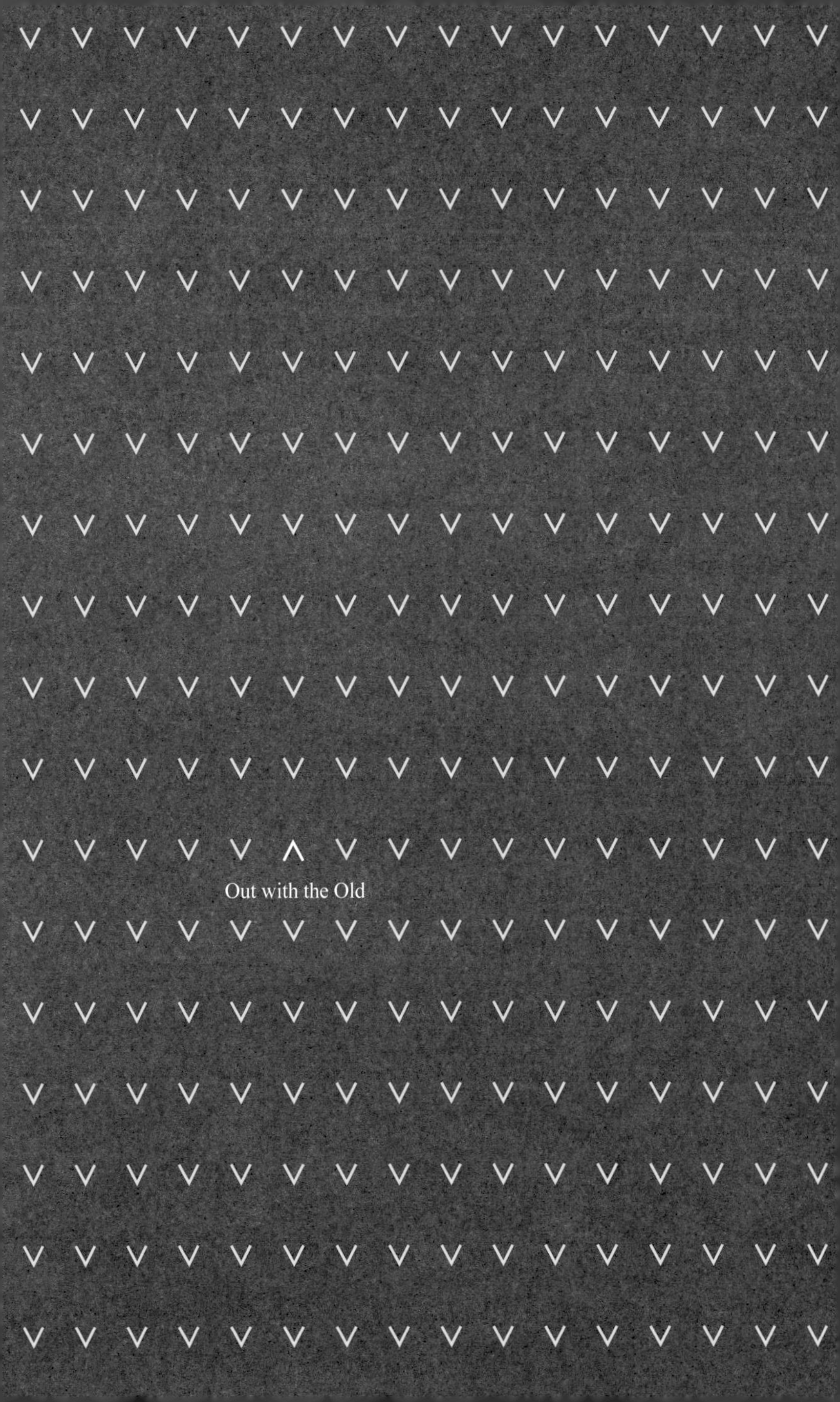

Out with the Old

七號大樓是肺結核大樓，戰後五年來，它與穆洛伊榮民醫院其他部門愈來愈疏遠。這裡距離六號截癱大樓不到五十碼——兩者都正對迎風的長島平原上那根旗桿——但從一九四八年的夏天之後，兩邊就不相往來，當時截癱病患提出訴願要求肺結核病患不可踏出他們大樓的草坪，造成極大不滿（「截癱混蛋以為醫院是他們的？」），但這早就不是什麼要緊事了，也沒人再去計較後來要求七號大樓病患必須戴消毒紙口罩才能出現在醫院販賣部的事。

誰在乎？畢竟，七號大樓跟其他地方不一樣。住在三間黃色病房的那一百多個病人，這些年來至少都逃院過一到兩次，一旦X光片沒問題，或各種手術的術後恢復還可以，每個人都希望再也不必回去；沒有人把那裡當作家，或認為裡面的生活算是生活；那只是沒有時間感的混沌狀態，穿插於「外面」（套一句囚犯用語）的生活片段。還有一點：由於這個疾病與軍事無關，他們也不認為自己是「榮民」（只有聖誕節例外，每人都可領到一張總統府印製的賀卡及《紐約美國日報》致贈的五塊錢鈔票）。既非榮民，便不覺得自己和肢障傷患有什麼關聯。

七號大樓自成一個世界，病人每天從兩個選項擇一，優良的選擇是待在床上，不良的選擇如夜半賭博、擅離病床、從兩間廁所的消防門夾帶啤酒和威士忌進來。這裡上演自己的喜劇：例如那天晚上史耐德拿著水槍把護士長追到螢光透視攝影室，或那次老佛利的浴袍裡掉出一品脫波本酒，砸到瑞斯尼克醫生的腳。有時也上演自己的悲劇——傑克．福克斯從床上坐起來，說了一句「看在上帝份上，把窗打開」結果咳嗽造成大出血，他在十分鐘內喪命；或是每年總有兩、三個人坐輪椅被推進手術室，對大家微笑揮手喊「保重！」和「祝你們好運！」結果再也沒有回來。不過大部分時間裡，這裡多的是自成一格的無聊，大家或坐或躺，介於衛生紙盒和吐痰杯之間，吵鬧的收音機聲整天不絕於耳。除夕那天下午在C病房就是這個光景，差別只在於收音機的聲音被泰尼．柯瓦克斯的笑聲蓋過。

泰尼是個三十歲的壯漢，身高六呎半，虎背熊腰的，那天下午他跟朋友瓊斯正私下交談，瓊斯在他身邊看起來瘦小到滑稽的程度。他們倆先竊竊私語然後大笑——瓊斯緊張地傻笑，不斷在睡衣外抓他的肚皮，泰尼則大聲狂笑。一會兒之後他們站起來，仍然笑個不停，然後穿越病房走向麥金提爾的病床。

「嘿，麥克，聽著，」瓊斯開頭，「我跟泰尼有個主意。」他又傻笑，然後說：「你告訴他，泰尼。」

問題是，瘦弱、四十一歲、滿臉皺紋、長了一副愛挖苦人的臉的麥金提爾，正打算寫一封重要的信。兩人誤把他不耐煩的表情當作微笑，於是泰尼開始認真說明他的主意。

「聽著，麥克，今晚大約十二點的時候，我會把衣服脫光，」他說話得費點勁，因為前排牙齒都沒了；自從他的肺出問題之後牙齒就壞光，醫院老早幫他定了假牙托，卻一直沒來。「我全身光溜溜，只包這條毛巾，就像尿布？然後你聽著，我會把這個放在胸前。」他攤開一卷寬四吋、長一碼的繃帶，先前他和瓊斯用馬克筆在上面寫了「一九五一」幾個大字。「懂了嗎？」他說。「又胖又肥，沒有牙齒的巨嬰？然後你聽著，麥克，你來演去年，把這個放在這兒，然後這個在那兒；你是最佳人選。」第二卷繃帶寫了「一九五〇」，另一樣東西則是白棉花做的假鬍子，是兩人從休息室紅十字會醫藥箱裡找出來的——很明顯以前曾經是聖誕老人裝束的一部分。

「不，謝了，」麥金提爾說。「你們找別人吧。」

「啊，哎呀，你一定要做，麥克，」泰尼說。「聽著，我們把大樓裡的人全都想過一次，只有你適合——你看不出來嗎？瘦子、禿頭、一點點灰頭髮？最棒的是你跟我一樣也沒牙齒。」為了表示他沒有冒犯的意思，他補充：「我是說，至少你的可以拿下來，是吧？你可以拿下來幾分鐘再放回去，對嗎？」

「你聽好，柯瓦克斯，」麥金提爾說，眼睛閉了兩秒，「我說過不要。拜託你們兩個走開好嗎？」

泰尼漸漸噘起嘴，臉頰現出紅斑，彷彿被人打了一巴掌。「好吧，」他克制住語氣，從麥金提爾的床上抓起鬍子和繃帶。「好吧，算了。」他轉身大踏步走回自己病床，瓊斯在後面小跑步跟著，不好意思地笑笑，拖鞋在地上啪嗒響。

麥金提爾搖搖頭。「這兩個還真是白痴混蛋，」他跟隔壁床病得很重的瘦黑人維農・史洛恩說。「你都聽見了嗎，維農？」

「大概聽到。」史洛恩說。他本來還要說話卻咳了起來，伸出一隻咖啡色皮膚的長手拿吐痰杯，麥金提爾回頭繼續寫信。

泰尼回到自己床上，把鬍子和繃帶丟進他的儲物櫃，用力把櫃門關上。瓊斯追上來，試著緩頰。「聽我說，泰尼，我們再找別人就好了。可以找舒曼，或——」

「舒曼太胖。」

「嗯，不然就強森，還是——」

「聽著，算了吧，瓊斯，」泰尼爆發。「去他的，我不玩了。想辦法讓大家新年可以開心一下，結果卻是這樣。」

瓊斯在泰尼床邊的椅子坐下。「該死，」過了一會兒他說：「這主意還是很棒啊，不是嗎？」

「哎！」泰尼氣得大手一揮。「你以為這些混帳傢伙會感激？你以為這棟樓有哪個王八蛋會感激？全部去死吧。」

爭也沒用；泰尼會氣一整天。他不高興都這樣，而他經常不高興，因為他偏好的熱鬧常惹到別人。比如說聖誕節前，他在醫院販賣部買了個壓一下就呱呱叫的塑膠鴨子給他外甥當禮物。那次的麻煩是，他後來決定買別的東西給小朋友，把塑膠鴨子留給自己；壓一下呱呱叫可以讓他笑個幾小時合不攏嘴。晚上關燈之後，他偷偷走到其他病人身邊，在他們面前一呱，沒多久幾乎所有人都叫他住手閉嘴。然後某人——其實就是麥金提爾——從泰尼床上把鴨子拿走藏起來，害泰尼氣了三天。「你們自以為聰明，」他對整個病房的人抱怨。「行為跟小孩子一樣。」

找到鴨子並還給他的是瓊斯；也大概只剩下他一個人覺得泰尼做的事情好笑。瓊斯起身離開，泰尼的臉色好看了點。「反正，我拿到酒了，泰尼，」他說。「我們倆晚上開心一下。」瓊斯平時不喝酒，但除夕夜算特別情況，而且偷渡東西進來是一項挑戰：幾天前，他設法偷渡了一瓶裸麥威士忌進來藏好，當然免不了一陣傻笑，現在東西在他儲物櫃裡替換的睡衣底下。

「你別告訴任何人說你有酒，」泰尼說。「要我才不會讓這些混蛋知道。」他在嘴唇之間塞進一根菸，猛力劃火柴，從衣架上拿了新的聖誕睡袍穿上——在發脾氣之際可以算是小心翼翼——然後把墊肩和腰帶整理好。這是一件有紫紅色緞子和紅色對比色翻領的華麗睡袍，每次泰尼穿上，他的表情舉止就顯現出奇異的尊嚴。這姿態跟睡袍一樣，都是新的，或說當季的：從一個禮拜前他做好回家過聖誕節的打扮開始。

許多病人穿起便服都讓人吃驚。當麥金提爾換上很少穿的藍色嗶嘰呢會計師西裝，他變得出乎意料的謙虛，無法再諷刺別人或惡作劇。當瓊斯穿上他舊的海軍防水夾克，就變得出乎意料的強悍。年輕的克雷伯茲，大家喚他小子的那一位，一穿上雙排釦西裝就變得穩重有分量，至於大家已經忘了他是耶魯畢業生的崔維斯，一穿上他的傑普銳斯-法蘭絨男褲和有領尖釦的襯衫則看起來又異常柔弱。好幾個黑人穿上窄腳褲、寬鬆大衣和大領帶忽然間又變回黑人，而不是普通人，看起來甚至不好意思跟白人用以往熟悉的方式講話。然而改變最多的大概是泰尼。讓人意外的不是衣服——他家是在皇后區一間生意興隆的餐廳，深色大衣和絲質圍巾看起來符合他的出身——了不起的是衣服給他帶來的尊嚴。咧嘴傻笑不見了，取而代之的是無聲微笑，也克制住了笨拙的動作。軟簷呢帽下根本已經不是泰尼的眼睛，變得冷靜又自信。即便缺牙也不打緊，因為他閉著嘴，有必要時才含糊說幾句聖誕賀詞。其他病人害羞又尊敬地看著這個煥然一新的人，戲劇性的陌生人，皮鞋的硬跟敲響了大理石地板走出大樓——稍晚當他回家走在牙買加大道的人行道上，人群自動讓路給他。

泰尼知道自己的身形體面，但他到家之後就不再想這件事；在家人身邊，這是千真萬確的。家裡沒有人叫他泰尼[2]——他是哈洛，一個好兒子，圓眼睛的孩子們視他為沉默英雄，他是難得見面的貴客。大餐結束後某一刻，一個小女孩被慎重其事地帶到他跟前，她害羞地站著，不敢看他的眼睛，手指頭抓著派對洋裝旁邊的縫線。她母親鼓勵她開口：「你要不要跟哈洛叔叔說你每天晚上禱告什麼，愛琳？」

「好，」小女孩說。「我告訴耶穌說請他保佑哈洛叔叔，讓他趕快好起來。」

哈洛叔叔微笑握起她的雙手。「好極了，愛琳，」他啞著嗓子說。「但你不應該告訴祂，應該請求祂。」

她頭一次看了他的臉。「我的意思就是這樣，」她說。「我請求祂。」

注1／
J. Press，成立於一九〇二年的男裝品牌，七〇年代賣給日商繼續經營，經典風格是三排釦西裝。
注2／
泰尼（Tiny）也有「小」的意思。

然後哈洛叔叔抱著她，把自己的大臉放在她的肩膀上，不讓她看見自己淚眼模糊。「真是乖女孩。」他小聲說。七號大樓裡不會有人相信這個場面。

他繼續當哈洛，最後才離開家人依依不捨的再會，聳肩穿好大衣，調整帽子。一路到公車總站，回到醫院裡，他還是哈洛，其他人還是用奇怪的眼光看他，在他大步走回C病房時跟他打招呼時還有點害羞。他走到自己的床把幾個包裹收好（其中一個裡頭是那件新睡袍），然後走去公共廁所換衣服。這是結束的開始，因為當他穿著褪色的舊睡衣和舊拖鞋走出來，他柔和下來的臉上只剩下一點點自傲，而連這一點也在他躺床上聽收音機的幾個小時內消失無蹤。稍晚，大部分返回的病人都安頓下來，他坐起身，用以往那種傻氣的樣子環顧四周。他耐心等到完全靜下來，才高高舉起他的塑膠鴨子，照〈刮鬍又剪髮，兩毛五〉的節奏[3]連呱了七聲，惹得所有人抱怨和罵聲連連。泰尼回來了，準備過新年。

在一個禮拜內，有必要時他只要穿上那件睡袍就可以找回尊嚴，只要他擺個姿勢，努力回想家裡就成。當然，睡袍被穿舊穿皺只是早晚的事，然後就沒用了，但目前為止還屢試不爽。

走道對面的麥金提爾還坐著思索他未完成的信。「我不知道，維農，」他跟史洛恩說。「上禮拜我替你感到遺憾，聖誕節還得待在這個爛地方，但你知道嗎？你運氣好。我還真希望醫院沒讓我回家。」

「是嗎？」史洛恩說。「你什麼意思？」

「啊，我也不知道，」麥金提爾說，在衛生紙上擦他的鋼筆。「我不知道。只是之後還要回來很討厭，我猜是這樣吧。」但這只是一部分；另一部分，就像他寫了一個禮拜還寫不出來的信，是關於他的家務事。

過去一、兩年來，麥金提爾的太太變得又胖又糊塗。隔週的禮拜天下午她來看他的時候，講的幾乎都是她看了什麼電影，或電視節目，很少提他們兩個孩子的事，而孩子幾乎沒來看過他。「反正你聖誕節會看到他們，」她總是說。「我們可以開心一下。但你聽我說，老爸，你確定坐公車不會累到？」

「當然不會，」他說了好幾次。「去年也沒問題不是嗎？」

儘管如此，當他下公車時還是喘得很，兩手提著在醫院販賣部買的包裹，在積雪的布魯克林街道非常緩慢地走回家。

注3／
亦即「咚—哆囉隆—咚—咚咚」。

他女兒珍今年十八歲，進門的時候她不在。

「哦，是啊，」他太太解釋，「我以為我跟你說過她今晚可能會出去。」

「不，」他說。「你沒告訴我。她去哪裡？」

「噢，就看電影而已，跟她朋友布蘭達。我以為你不介意，老爸。其實是我讓她去的。偶爾總得讓她晚上出去玩玩吧。你知道她累得很，很容易就緊張。」

「她緊張什麼？」

「嗯，你也知道。第一就是她現在的工作很累人。她是喜歡沒錯，但還不習慣一天工作八小時，你知道我意思？她會習慣的。來吧，喝杯咖啡，然後我們把樹架起來。一定很好玩。」

走去洗手的時候，他經過她的空房間，裡頭聞起來有乾淨的化妝品味道，還有舊泰迪熊和裱框歌星照片。然後他說：「回家的感覺還真奇怪。」

去年聖誕節，他兒子喬瑟夫還是玩模型飛機的小孩；現在則開始留頭髮，花很多時間用梳子梳成兩邊向上的油亮飛機頭。而且他還變成菸槍，用染黃的拇指和食指夾著菸，菸頭對著合攏的掌心。他講話幾乎不動嘴唇，從鼻子發出短促哼聲是他唯一的笑法。修剪聖誕樹的時候，麥金提爾提到退伍軍人事務部可能不久後會提高殘障賠償，他就發出了一個哼聲。這可能沒別的意思，但對麥金提爾而言，就彷彿他說了：「想騙誰啊，老爸？我們知道錢從哪兒來的。」這句自作聰明的話，顯然指的是家裡的開支來自麥金提爾的大伯，而不是他的退休金。他決定晚上睡覺前跟老婆談這件事，結果只說了：「他現在都不剪頭髮的嗎？」

「現在的小孩都留這種頭，」她說。「你幹麼一直批評他？」

隔天早上珍在家，她穿一件寬鬆的藍色睡袍，動作慢吞吞的。「嗨，親愛的。」她說，給他一個聞起來帶著睡眠和隔夜香水的吻。她靜靜打開禮物，然後在襯墊大沙發上躺了很久，一條腿擱在扶手上，腳在擺動，手在摳下巴的痘子。

麥金提爾看得目不轉睛。不只是因為她長成了一個女人——那種內向而笑起來躲躲閃閃的女孩子，年輕時讓他羞得不敢接近又渴望不已——還有別的、更令人不安的部分。

「你在看什麼，爸？」她說，邊笑邊皺眉。「你一直在看我。」

他發現自己臉紅了。「我就是喜歡看漂亮女生，這很糟糕嗎？」

「當然不會。」她開始專心去拔指甲邊緣裂開的一小塊，低頭皺眉，又長又彎的眼睫毛垂在臉頰上。「只不過——你知道的。被人一直看會緊張，就這樣。」

「親愛的，聽我說，」麥金提爾往前，兩個手肘放在骨瘦如柴的膝蓋上。「我可以問你一件事嗎？這個緊張是怎麼回事？我一回到家，你媽就不斷說『珍很緊張。珍很緊張。』聽著，你可以告訴我，到底有什麼事好緊張的？」

「沒什麼，」她說。「我不知道，爸，沒什麼吧。」

「嗯，我問是因為——」他試著讓自己的聲音低沉溫柔，記憶中自己講話的聲音，但一開口卻沙啞又暴躁，喘不過氣來——「我問是因為，如果你有事情煩心，是不是應該跟爸爸說一下？」

她的指甲裂到肉裡，一剎之下讓她痛得嗚咽一聲，她用力甩手把手指含在嘴裡。忽然間她站起來，漲紅著臉大喊：「爸，你別煩我好嗎？拜託你別煩我好不好？」她衝出客廳往樓上跑，砰地關上房門。

麥金提爾本來要追過去，但只是搖搖晃晃地站著，怒視他太太和兒子，兩人正在屋裡兩頭盯著地毯看。

「她到底是怎麼回事？」他質問。「這個家到底是怎麼了？」但兩個人像做錯事的小孩不說話。「說啊，」他說。他每吸一口氣進脆弱的胸口，頭就不由自主地輕輕擺動。「說啊，該死，告訴我。」

他太太淒切地嘆了一聲，癱坐在沙發靠墊之間，嗚咽哭喪了臉。「好吧，」她說。「好，是你自找的。我們都努力想讓你過一個愉快的聖誕節，但你一回家就不斷探聽，把大家都給逼瘋了；好吧——是你自己找死。她懷了四個月的身孕——好，現在你滿意了嗎？你可以不要再煩我們了嗎？」

麥金提爾一屁股坐在一張放滿聖誕包裝紙的沙發上，他的頭仍隨著每一次呼吸而擺動。

「是誰的？」他終於說。「那男孩子是誰？」

「你問她，」他太太說。「去啊，你去問她看看。她不會告訴你的。她誰也不說——麻煩就在這裡。要不是被我發現，她根本連小孩的事都不會講，現在她也不肯跟自己媽媽說對方的名字，她寧願讓媽媽傷透了心——對，還有她弟弟的心。」

然後他又聽見那個哼聲，從屋裡另一邊傳來。喬瑟夫站著冷笑，一邊把香菸熄掉。他微微動了下唇說：「搞不好她不知道那男的叫什麼。」

麥金提爾慢慢從包裝紙堆裡站起來，走到他兒子身邊，用力打了他一個耳光，他的長髮飛起來落在耳朵上，他的臉扭曲成一個受傷、害怕的小男孩的臉。血從小男孩的鼻子流出來，滴到他的聖誕禮物尼龍襯衫上，麥金提爾又打了他一次，這時他太太開始尖叫。

幾個小時之後他回到七號大樓，不知道可以做什麼。一整個禮拜他都吃不好，除了跟維農說話也不怎麼開口，他花很多時間寫一封信給他女兒，到除夕那天下午還沒寫好。

他起了好幾次頭，結果都進了床邊的紙袋裡，跟用過的衛生紙丟在一起。以下是他所寫的：

親愛的珍：

我猜我回家的時候太激動，造成很多麻煩。寶貝，因為我不在家太久了，很難理解你已經長成一個女人，所以那天才有點抓狂。珍，我回醫院之後想了很多，想寫幾句話給你。

主要就是你別擔心。記住了，你不是第一個犯這種錯

（第二頁）

碰上這種麻煩的女孩子。你媽媽很生氣，我知道，但你別因此而氣餒。珍，我們現在好像沒有以前那麼親密，但不是這樣的。你記得我剛退伍時你十二歲，我們常去展望公園散步聊天，我希望我還可以

（第三頁）

像那樣跟你說話。你的老爸或許快不中用了，但對人生還是略懂一二，尤其最重要的就是

信就寫到這裡。

病房裡現在聽不見泰尼的笑聲，感覺異常安靜。舊的一年在西邊窗外的淡淡黃

昏下消逝；黑夜降臨，燈點上，戴口罩穿長袍的服務人員推著震動作響的塑膠輪餐車進來。其中一個眼睛很亮叫卡爾的瘦子，開始他的例行公事。

「嘿，你們聽過一個人被自己輾死的故事嗎[4]？」他問，手上拿著熱騰騰的咖啡壺站在走道中央。

「你倒咖啡就是了，卡爾。」某人說。

卡爾倒了幾杯咖啡，本來要到走道另一邊繼續倒，但半路上又停下來，口罩上的眼睛再度瞪大。「不，聽我說——你們聽過一個人被自己輾死的故事？這個不一樣。」他看看泰尼，通常泰尼很樂意和他一搭一唱，但他只是悶悶不樂地在麵包上塗奶油，刀子每抹一下臉頰就跟著抖一下。「嗯，總之，」卡爾最終說：「這人跟一個小孩子說，『嘿，小子，去對面幫我買包香菸好嗎？』小孩說，『不要，』所以呢，那個人就輾死自己了！」他拍大腿彎腰大笑。瓊斯嘆一聲表示感激；其他人靜靜吃飯。

用餐結束，餐盤都收走之後，麥金提爾把第三頁的開頭撕掉丟進垃圾袋。他重新把枕頭擺好，把食物碎屑拍到床下，寫了以下：

（第三頁）

像那樣跟你說話。

珍，請寫信告訴我那男孩叫什麼名字，我保證我

但他把這頁也扔了，坐了很久，什麼也沒寫光是抽菸，像平常一樣小心不要吸入。最後他又拿起筆，用一張衛生紙仔細清理筆尖。然後另起一頁：

（第三頁）

像那樣跟你說話。

寶貝，我想到一個主意了。你知道我在等二月開左側的刀，如果順利的話，可能四月一號就可以離開這裡。他們當然不會讓我出院，但我可以冒個險，像一九四七年那次，看看這回運氣會不會好一點。然後我們可以去鄉下，就你跟我，我可以找份兼差工作，我們

注4／
老掉牙的英文笑話。原文是Did you hear about the man who ran over himself? He told his wife to run over and get him a pack of cigarettes, she said "no!" So he ran over himself. 笑點在於run over（去買）也有輾過去的意思。

漿過制服的摩擦聲和膠鞋啪嗒聲讓他抬起頭；護士拿著一瓶外用酒精站在床邊。

「你呢，麥金提爾？」她說。「要不要擦背？」

「不了，謝謝，」他說。「今晚不必。」

「我的天。」她瞄了信一眼，他稍稍用手遮住。「你還在寫信？每次我經過你都在寫信。你一定是有很多人要寫。真希望我也有空來寫信。」

「對，」他說。「就是這樣，你懂嗎，我時間很多。」

「但你怎麼有那麼多東西可寫？」她說。「我的問題是這樣的，我坐下來準備寫信，但是就想不出一樣東西可寫。太糟糕了。」

她沿著走道離開，他研究她屁股的形狀。然後他重讀剛寫的那一頁，捏成一團又丟到袋子裡。他閉起眼睛用拇指和食指按摩鼻梁，試著回想第一個版本確切寫了些什麼。最後他盡可能重寫一次：

（第三頁）

像那樣跟你說話。

珍寶貝，你老爸或許快不中用了，但對人生還是略懂一二，尤其最重要的就是

但在這之後，筆在他握緊的手中便動也不動。彷彿所有的字母和字母組合，所有書寫語言的無限可能性全部都消失殆盡。

他望向窗外求救，但窗戶現在是一面黑鏡，只反映了燈光和病房裡明亮的床單及睡衣。他穿上睡袍和拖鞋走到窗邊，合攏雙手，額頭貼著冰冷的玻璃。現在他可以看見遠處一排高速公路的路燈，更遠處是黑色的樹林水平線，介於雪和天空之間。水平線上方右邊的天空瀰漫一抹粉紅色，是來自布魯克林和紐約的燈光，但前景被一個大塊黑色形狀遮去一部分，那是截癱大樓的轉角，另外一個世界。

當麥金提爾從窗戶回過頭，對著黃色燈光眨眼，剛才吐的霧氣在玻璃上逐漸消失，他的古怪表情看似恢復活力又得到解脫。他走回自己的床，把草稿對齊，撕成一半又一半丟進垃圾袋。然後他拿出一包菸走到維農．史洛恩床邊站著，史洛恩戴著老花眼鏡邊眨眼邊讀《週末夜郵報》。

「抽菸嗎，維農？」他說。

「不了謝謝，老兄。我一天如果抽超過一、兩支會咳嗽。」

「好，」麥金提爾說，替自己點上一根。「要玩跳棋嗎？」

「不了謝謝，老兄。現在不要。我有一點累——我先看一下報紙。」

「這禮拜有什麼好看的新聞，維農？」

「哦，相當不錯，」他說。「好幾則都不錯。」他的嘴巴慢慢笑開來，乾淨的牙齒幾乎全露出來。「咦，你是怎麼了？心情不錯嗎？」

「哦，還不壞，維農，」他說，伸展一下細瘦的手臂和脊椎。「還不壞。」

「你要寫的東西都寫完了，是這樣嗎？」

「對，大概是吧，」他說。「問題是，我想不出要寫什麼。」

他看著走道對面的泰尼·柯瓦克斯駝背坐著，新睡袍的大片紫色構成他偌大的背影。他走過去，把一隻手放在他寬闊的綢緞肩膀。「所以呢？」他說。

泰尼轉頭過去怒目看著他，馬上充滿敵意。「所以怎麼樣？」

「所以鬍子在哪裡？」

泰尼把儲物櫃扭開，抓起鬍子粗魯地塞進麥金提爾手裡。「拿去，」他說。「你要就拿去。」

麥金提爾把鬍子舉到耳朵旁邊，繩子繞過頭。「繩子應該緊一點，」他說。「這樣，看起來如何？可能等我把牙齒拿出來會比較好看。」

但泰尼沒在聽，他還在儲物櫃翻那卷繃帶。「拿去，」他說。「這個也拿走。我不要參加了。你要做就去找別人。」

這時瓊斯躡手躡腳走來，滿臉笑意。「嘿，你要做嗎，老兄？你改變主意了？」

「瓊斯，你跟這個王八蛋談談，」麥金提爾掛著鬍子說。「他不願意合作。」

「啊，老天，泰尼，」瓊斯拜託他。「這件事要有你才成。都是你的主意啊。」

「我說過了，」泰尼說。「我不要參加。你要做，就去找別的笨蛋。」

十點熄燈之後，再也沒有人費工夫去藏威士忌。傍晚躲在廁所小口啜飲的人，此刻在病房裡愉快地成群靜靜喝了起來。每年就這麼一次，護士長會睜隻眼閉隻眼。接近午夜的時候，沒人注意到C病房的三個人溜到床單貯藏室去拿床單和毛巾，然後到廚房拿了掃把柄，接著走到大樓另一邊躲進A病房的廁所。

出發前大家被鬍子弄得手忙腳亂：麥金提爾的臉被遮掉太多，造成缺牙的效果大打折扣；瓊斯把腮幫子之外的部分全部剪掉，然後用膠帶固定好，解決了這個問題。「好了，」他說，「這樣可以了，完美。現在你老兄把睡褲捲起來，只要露出大腿在床單外，懂嗎？你的掃把柄呢？」

「瓊斯，沒辦法用！」泰尼悲慘地大喊。他光著身子站著，全身只剩下一雙白色羊毛襪，正試著用別針把遮起來的毛巾固定在鼠蹊部。「這該死的東西別不住！」

瓊斯趕緊去處理，最後終於一切就緒。緊張之中，他們把瓊斯剩下的威士忌喝光，空瓶丟進洗衣籃；然後溜到外面，在黑暗中推擠著往A病房前進。

「準備好了嗎？」瓊斯小聲說。「好……就是現在。」他打開天花板的燈，三十張受驚的臉在刺眼的燈光下眨眼。

首先進來的是一九五〇年，一個憔悴、拄著枴杖、上了年紀跛腳顫抖前進的老人；在他背後咧嘴笑、伸展四肢的是穿著大尿布的新年寶寶。有那麼一、兩秒，病房裡只聽的見老人枴杖的點地聲，然後才冒出笑聲和歡呼聲。

「舊的不去！」寶寶的咆哮聲蓋過眾人的噪音，他還滑稽地後退一步，踢了老人的屁股一腳，使得老人虛弱地搖晃了一下，摸摸一邊的屁股。「舊的不去！新的不來！」

瓊斯跑在前面把B病房的燈打開，那裡的歡呼甚至更大聲。護士只能擠在門口看，在消毒口罩之下皺眉頭或咯咯笑，節目在歡呼和怪叫聲中繼續進行。

「舊的不去！新的不來！」

某間單人病房的房門被打開，燈被點上，一個垂死病人在氧氣帳篷裡眨著眼。他困惑地看著沒牙齒的瘋狂小丑在他的床邊嬉鬧；最後他懂了，回給眾人一個黃色的微笑，他們繼續往下一間單人病房出發，然後是下一間，最後到C病房，他們的朋友成群站在走道上笑著。

酒還沒倒完，所有的收音機就一齊傳來蓋・隆巴多樂團的〈友誼萬歲〉[5]；叫喊聲慢慢變成大群人五音不全的合唱，泰尼的音量比其他人都來得大：

注5／
Auld Lang Syne，蘇格蘭民謠，在西方國家通常會在新年倒數結束的一刻演唱，象徵送舊迎新。中文版的《驪歌》使用同樣的旋律。

「怎能忘記舊日朋友
心中能不懷想？……」

就連維農．史洛恩也在唱，他從床上坐起來，拿著一杯摻很多水的威士忌，慢慢跟上音樂的節奏一起搖晃。大家都在唱。

「友誼萬歲，朋友們
友誼萬歲……」

歌曲結束，大家開始握手。

「祝你好運，小子。」

「你也是，小子——希望你撐過今年。」

七號大樓的每個人都在找人握手；在叫喊聲和收音機聲之下，這幾句話不斷被重複：「祝你好運……」「希望你撐過今年，小子……」麥金提爾累了，站在泰尼．柯瓦克斯的床邊，紫色睡袍被隨手丟在床上成皺摺的一堆。他舉杯露出牙齦銜著大家笑，泰尼咆哮一般的笑聲灌入他的耳朵，大手放他的脖子上。

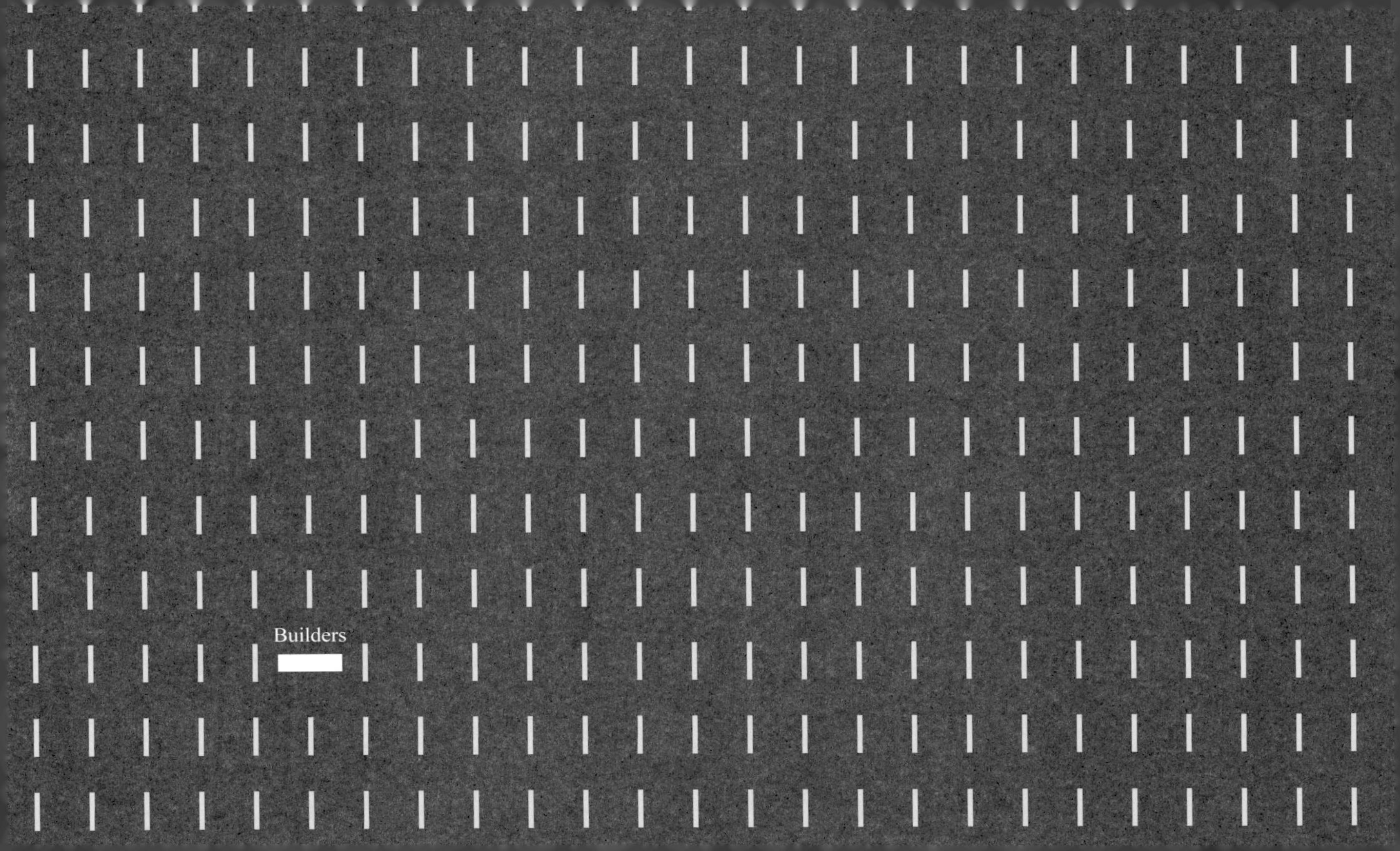
Builders

建築工人

Builders

作家書寫作家，最容易寫出糟糕的文學失手；大家都清楚這點。小說以「克雷格把香菸按熄後立刻轉身面對打字機」破題，全美國沒有一個編輯想要讀下一句。

所以別擔心：這不是一篇直截了當關於計程車司機、電影明星、知名兒童心理學家的小說，我保證。但請先耐心一分鐘，因為裡頭也會有個作家。我不會喚他作「克雷格」，我也保證他不是唯一一個**思緒敏銳**的角色，但他會全程出現在篇幅裡，而且肯定笨拙又冒失——作家幾乎總是這樣，無論在小說或現實生活裡。

十三年前，一九四八年，我二十二歲，在合眾國際社（United Press）擔任財經新聞編寫員。週薪五十四塊錢，不是什麼了不起的工作，但的確給我兩個好處。

第一是每當有人問我做什麼，我可以說「在合眾社工作」，聽起來相當威風；另外是每天早上我可以帶著一臉倦容、一件縮水一號的便宜風衣，和一頂棕色捏爛的軟呢帽出現在每日新聞大樓（在當時我會用「破舊」來形容那頂帽子，但幸好我現在的遣詞用字比當時還誠實點。它是被捏爛的，在無數次緊張情況下被我又戳又壓再重新理出形狀；根本不是破舊）。我要說的是，每天從地鐵站出口走到新聞大樓那一小段幾百碼的上坡路，我就是去《堪薩斯星報》上班的海明威[1]。

海明威是不是在二十歲生日前就參戰又退伍？嗯，我也是；好吧，或許我沒有負傷也沒有榮譽勳章，但基本事實都在。海明威有沒有浪費時間讀大學，做這種耽擱事業的事情？該死，當然沒有；我也沒有。海明威是否真的關心報業這一行？當然不是；所以您看到了，介於他在《星報》的機遇以及我個人在財經編輯部的慘澹工作，兩者只有些微的差距。重點是——而且我知道海明威一定會同意——那就是作家總得從某處開始。

「國內公司債在今日交易活躍適度的市場異常攀升……」這就是我整天替合眾社新聞寫的散文，以及「石油股票漲價，為活躍的場外交易市場鋪路」，還有「提

注1／
海明威高中畢業後的第一份工作，從此開啟了寫作生涯。

肯滾柱軸承公司高層今日宣布」——幾千幾百個我從來不知道什麼意思的字句（買權和賣權到底是什麼，償債基金債券又是啥？我要是知道才有鬼），電傳打字機突突突，華爾街股票價格收報機噠噠噠，身邊每個人都在辯論棒球，直到謝天謝地下班時間到。

一想到海明威早婚就讓我開心；我完全同意他的做法。我和妻子瓊住在西十二街極西之處，在一個有三扇窗戶、位於三樓的大房間。如果這裡不是河左岸[2]，絕對不是我們的錯。每天晚餐過後，瓊在洗碗時，屋裡是一股虔敬的肅穆，也是我退到三檔式屏風後小桌子前的時間，桌上擺了一盞書桌檯燈和可攜式打字機。當然了，也就是在檯燈白光的注視下，我和海明威的薄弱比擬承受最大的考驗。因為從我的打字機出來的不是《在密西根》；也不是《逝者如斯》或《殺手》[3]；出來的往往什麼也不是，就算曾經有幾篇被瓊稱為「精采」，我內心深處根本知道都是些糟透的東西。

有些個晚上，我在屏風後面只是發懶——把紙板火柴的印刷字或《星期六文學評論》背後的廣告從頭到尾讀過一遍——也就是在那年秋天某一個這樣的晚上，我偶然看到這幾行字：

罕見兼差機會尋找才華洋溢的作家。必須富想像力。伯納・西佛。

——後面附了一個看似布朗克斯電話局的電話號碼。

我就不費勁帶到當晚我走出屏風後，瓊從洗手台轉身，手上肥皂水滴在翻開的雜誌上，我們之間發生了什麼諷刺俏皮的海明威式對話，也略過電話上我和伯納・西佛之客氣又乏味的閒話家常，直接跳到幾個晚上之後，我搭了一小時地鐵終於到他家。

「普倫提斯先生？」他問。「您說您名喚什麼？巴布？好的，巴布，我是伯尼。請進，當自己家。」

我想伯尼的人和他的家都值得描述一番。年紀介於四十五到五十歲之間，比我矮壯很多，穿了一件看起來不便宜的淡藍色運動衫，下襬露在外面。他的頭應該有我的兩倍大，稀薄的黑頭髮往後梳，彷彿他剛面對蓮蓬頭站著；他的臉是我見過最

注2／
指巴黎塞納河南岸，早年是藝術家及作家聚集之地。

注3／
三者皆為海明威的短篇小說。

忠厚老實又自信的一張臉。

他的家非常乾淨，米色調，寬敞，室內隨處可見地毯和拱門。在靠近外套壁櫥的小凹室（「外套和帽子脫掉；好的。我們把這掛衣架上就大功告成了；好的。」），我看見牆上掛了好幾張裱框照片，都是一次大戰軍人的各式團體照，但客廳牆上則沒掛任何圖畫，只有幾具鍛鐵燈架和一、兩面鏡子。然而一進到屋裡並不會馬上發現牆上沒掛畫，因為你的注意力完全被一個了不起的家具吸引住。我不知道那叫什麼——餐具櫃（credenza）？——無論叫什麼，它似乎無限延伸，某些部分齊胸，某些部分與腰同高，由至少三種棕色的磨光木板構成。一部分擺了電視機，一部分放了一台收音電唱機；一部分形成層架，擺了花盆和小雕像；另外還有一個有許多鍍鉻把手與精緻滑動層板的則是個吧台。

「喝薑汁汽水好嗎？」他問道。「我太太和我不喝酒，但我可以請你喝一杯薑汁汽水。」

我想每次伯尼和應徵作家面談的晚上，他太太總是出門看電影；之後我的確見到她，這留到後續再說明。總之，第一天晚上只有我們兩個，各拿著一杯薑汁汽水，在滑不溜丟的人造皮椅坐下，開始討論公事。

「首先，」他說，「告訴我，巴布，你聽過《已載客》[4]嗎？」我還沒來得及問他在說什麼，他便從餐具櫃凹處掏出來拿給我——目前在藥房還買得到的一本平裝書，標榜為某紐約計程車司機的自傳。他開始告訴我細節，我邊看書邊點頭，心裡想著我當初為什麼要出門。

伯納．西佛也是計程車司機。他在這一行幹了二十二年，跟我的年歲一樣長。過去兩、三年來，他開始思索把自己的經驗加油添醋一番，未嘗不是個賺大錢的好機會。「我要你看看這個，」他說，這回從餐具櫃拿出一個精巧的小盒子，裡頭都是三乘五的索引卡。幾百個親身經歷，他告訴我；全都不同；他讓我知道這些經歷不一定全都真實無誤，但保證每一則至少都有一點點事實。我能否想像，一個優秀的捉刀人，可以拿這些豐富素材做出什麼文章？或是當雜誌熱銷、書大賣、電影版權賣出後，他能為自己掙得多麼豐厚的分紅？

「唔，我不知道，西佛先生。這種事我得想一下。我看我得先讀過另外那本書，看是否能想到其他——」

注4／
My Flag is down。Flag down是「攔計程車」的意思。

「不，等等。你的進度超前了，巴布。第一，我並不想你讀那本書，因為你什麼也學不到。那傢伙寫的都是幫派、女人、性、酒精那些的。我跟他完全不同。」我坐著猛灌薑汁汽水彷彿渴到不行，希望在他解釋完為何他徹底不同之後可以立刻閃人。伯尼．西佛是個古道熱腸的人，他告訴我；一個老實的普通人，心地寬厚得跟戶外一樣廣大，還有真正的生命哲學；我明白他的意思嗎？

我知道一招怎麼把人說的話擋在外面（很簡單；你只要注意盯著講話的人的嘴巴，看嘴唇和舌頭以一定的節奏不斷改變形狀，你就會發現自己根本一個字也沒聽進去），當我正要開始這招，他說道：「你別誤會，巴布。目前為止我還沒冒險要求哪個作家寫過一個字。你若是幫我寫，你寫的每一個字我都會付你稿酬。當然，在遊戲這個階段不會是多大一筆錢，但你會有報酬的。公平嗎？來，我幫你把杯子倒滿。」

這就是提案。他從索引卡裡給我一個想法；我發展成以伯尼．西佛第一人稱的短篇故事，長度介於一千到兩千字之間，完成之後立刻付款。如果他喜歡我寫的，之後還有許多——每週一則，如果我應付得來——除了初始稿酬，日後若有任何其他收入，我還可以期待豐厚的分紅。他眨眨眼，神祕地不說他計畫如何推銷這些故事，但的確暗示了《讀者文摘》可能有興趣，他也坦承目前為止還沒談好出版商來發行最後集結成冊的形式，卻也說可以告訴我幾個會讓我大吃一驚的名字。例如，我有沒有聽過曼尼·韋德曼？

「還是說，」他說，臉上笑容綻放，「你對韋德·曼利[5]這個名字比較熟悉？」這可是大名鼎鼎的電影明星，在三〇年代和四〇年代非常知名，就像今日的寇克·道格拉斯（Kirk Douglas）或畢·蘭卡斯特（Burt Lancaster）。韋德·曼利是伯尼在布朗克斯的小學同學。透過共同的朋友，兩人一直維持著親密的感情，而友誼長存的另一個原因，是韋德·曼利一直很想在根據伯尼多彩多姿一生所改編的電影或電視劇裡，扮演粗勇可親的伯尼·西佛，紐約計程車司機。「我再告訴你一個名字，」他說，這回他唸出名字的時候瞇眼打量我，彷彿我認得或不認得這個人就是我教育程度的指標。「亞歷山德·庫爾佛博士[6]。」

還好這次我沒讓自己看起來太茫然。這個人不是什麼名流，但絕非沒沒無聞。是那種見於《紐約時報》，成千上萬人隱約聽過，因為多年來在報上曾看過的名

注5／
Wade Manley是作者虛構的演員，但曼利·韋德·威爾曼（Manly Wade Wellman）則真有其人，專寫科幻及奇幻類小說的美國作家。

注6／
Dr. Alexander Corvo，作者虛構的人物。

字。或許沒有「萊諾・特里凌」[7]或「藍霍・尼布爾」[8]的份量，但也差不多意思了；大概可以算是跟「杭丁頓・哈特福」[9]、「萊斯利・R・格羅佛」[10]同等級的人物，比「紐伯德・莫里斯」[11]還要再高一、兩個層級。

「你是說那個做什麼的，」我說。「兒時壓力那個？」

伯尼鄭重地點點頭，原諒我粗鄙的用語，驗明正身似的再把名字說了一次。

「我指的正是亞歷山德・庫爾佛博士，知名兒童心理學家。」

在出名之前呢，這位庫爾佛博士就在布朗克斯的那所小學教書，而其中兩個最不聽話、最受他疼愛的小淘氣就是伯尼・西佛和曼尼・什麼的，那個電影明星。一直到現在，他對兩個孩子仍然疼愛有加，此刻最令他高興的莫過於在出版界發揮他的影響力，促成兩人的計畫。而目前這三個人需要的，似乎就是找到最後的要素，那難以掌握的催化劑，也就是最適合的作家來做這份工作。

「巴布，」伯尼說，「我告訴你實話。我應徵了很多作家來做這件事，沒有一個適合。有時候我沒辦法信任自己的判斷；我把東西拿去給庫爾佛博士，他搖搖頭。他說：『再試試看，伯尼。』」

注7／

Lionel Trilling，美國文學評論、作家、教師。

注8／

Reinhold Niebuhr，美國神學家、倫理學家、教授。

注9／

Huntington Hartford，美國金融家、藝術贊助者。

「聽著，巴布，」他在座位上熱烈地向前。「這不是靠不住的想法；我也沒有在哄騙誰。房子正在蓋。曼尼、庫爾佛博士和我本人——我們在蓋這個東西。哦，別擔心，巴布，我知道——你以為我那麼笨嗎？——我知道他們蓋的方向跟我不一樣。為什麼要一樣？一個大名鼎鼎的電影明星、一個受人尊敬的學者和作家？你以為他們自己要蓋的東西還不夠？比這還重要得多的東西？當然有了。但巴布，我告訴你實話：他們有興趣。我可以給你看一些信，我告訴你多少次他們跟夫人一起來坐在這間公寓裡——至少曼尼有帶太太來過——我們花了多少時間在討論這件事。他們有興趣，這點你絕對不必擔心。所以你明白我要告訴你的，巴布？我告訴你的是實話。房子正在蓋。」他慢慢用兩手做了個蓋房子的動作，從地毯開始，把看不見的磚塊放到該放的位置，直到為他蓋起一棟名利的高樓，為我倆蓋起一棟金錢與自由的高樓，蓋到我們視線的高度。

我說這聽起來當然好，但他若是不介意，我想多了解一下寫完一個故事立刻付款的細節。

「現在我就這點給你答覆，」他說。他又轉向餐具櫃——餐具櫃的一部分好像

注10／
Leslie R. Groves，美軍少將，他主持的「曼哈頓計劃」後來研發出原子彈。

注11／
Newbold Morris，美國政治人物、律師。

是書桌——整理了一些文件後，他拿出一張個人支票。「我不只是告訴你，」他說。「我還讓你看。公平嗎？這是我的上一位作家。你拿去看。」

那是一張註銷的支票，上面寫著伯尼．西佛已付給支票抬頭某某二十五塊錢整。「你讀啊！」他堅持要我讀，彷彿這張支票是一篇了不起的散文，他看著我把支票翻過來讀那個人的簽名，以及上方伯尼的筆跡勉強看得出寫著這是全額預付款，以及銀行的橡皮章。「看起來還可以嗎？」他問。「所以安排就是這樣。都清楚了吧？」

我猜大概也不會更清楚了，於是我把支票還給他，說他若是現在給我一張索引卡，或什麼的，我們就可以開始進行。

「等一等，等一等！先別急。」他臉上有個大大的笑容。「你動作還真快，知道嗎，巴布？我欣賞你沒錯，但要是每個人走進來便自稱是作家，我都開張支票給他，我未免也太笨了點吧？我知道你是報社記者。好的。但我還不知道你是作家呢？你把腿上的東西讓我看看吧。」

在我腿上的牛皮紙信封裡，是我這輩子創作過的唯一兩篇勉強能見人的短篇故事複本。

「嗯，」我說。「好的。拿去吧。當然，這些跟你要的東西很不一樣——」

「沒關係，沒關係；當然不一樣，」他邊說邊打開信封。「你先放輕鬆一分鐘，待我來看一下。」

「我是說，這兩篇都有點——嗯，可以說文學性比較高一點。可能沒辦法從中看出我的——」

「你先放輕鬆。」

他從運動衫口袋掏出一付無框眼鏡，費勁戴上之後往後坐好，皺著眉頭開始讀。他花了很長時間讀完第一篇小說的第一頁，我看著他，心想這會不會變成我文學生涯的最低點。一個**計程車司機**，老天爺。終於第一頁翻過去了，第二頁很快跟進，我知道他跳著讀。然後是第三頁和第四頁——這一篇是十二還是十四頁——薑汁汽水的空杯在我手上逐漸變溫，我握著它的樣子像是隨時要拿起來往他的頭丟。

他讀到最後，頭一開始先是微微地動，然後明察秋毫般地點了點頭。讀完之後他的表情有點困惑，翻回最後一頁再讀了一次；然後把它放到一邊，拿起第二篇故事——不是讀，只是看長度。顯然他今晚的閱讀量已經夠了。他摘下眼鏡，笑容回到臉上。

「嗯，很好，」他說。「我就不花時間再讀另一篇，但是第一篇非常好。當然了，像你剛才說的，這些是很不一樣的素材，所以讓我難以——你知道——」他一揮手打發掉這個困難句子的下半段。「但我告訴你吧，巴布。我不繼續讀，我要問你幾個關於寫作的問題。比如說，」他閉上眼睛，輕輕摸著眼瞼思考，或假裝在思考，為了給接下來的字句分量。「比如說，我問你一下。假設某人寫一封信給你說：『巴布，我今天沒時間給你寫封短信，所以我只好寫一封長信。』你知道這是什麼意思？」

別擔心，當晚的這個部分我處理得很酷。我才不會讓二十五塊錢輕易從手中溜走；而我正經八百的廢話答案，肯定讓他的疑慮一掃而空，讓他相信眼前的作家候選人了解將散文精簡化的困難度以及意義。反正他看起來很滿意。

「很好。現在我們試另一個角度。之前我提到『蓋房子』；嗯，你聽我說。你看得出來寫小說也像在蓋東西？蓋房子？」他對自己創造的這個概念很滿意，甚至等不及我向他點頭致意。「我是說呢，房子一定要有屋頂，但你要是先蓋屋頂，麻煩就大了對吧？蓋屋頂之前，你得先蓋牆壁。在蓋牆壁之前要先鋪地基——一個步驟都不能省。鋪地基之前要用推土機去夷平，然後在地上挖出一個適當的洞。我說的對不對？」

我完完全全同意，但他還是沒看見我全神貫注的巴結眼神。他用一個粗大的指節磨蹭鼻子邊緣；然後又得意地轉過來看我。

「好吧，假設你給自己蓋了一棟屋子。然後呢？蓋完之後，你問自己的第一個問題是什麼？」

但我看得出他才不管我答不答得出來。**他**知道問題是什麼，也等不及要告訴我答案。

「窗戶在哪裡？」他攤開手質問。「問題就是這個。光要怎麼進來？你懂我說光要怎麼進來的意思，巴布？我的意思是——故事的**宗旨**；**真相**；和——」

「啟示，或這麼說。」我說，他大喜過望地用力彈彈手指，不再去想第三個詞。

「就是這樣，就是這樣，巴布。你懂了。」

交易就這麼談定，我們又喝了一杯薑汁汽水確認成交，他翻檔案找一個主題讓我試寫。他選出來的「經歷」，是某次伯尼．西佛協助一對神經質的夫婦挽回婚姻，就在計程車上，對方吵架時他從後照鏡打量了一下，說了幾句深思熟慮的話。至少大意是如此。真正寫在卡片上的其實是：

上流社會男人和老婆（公園大道）在計程車上吵了起來，很生氣，女士吵著要離婚。我從後照鏡看著他們，講了我的想法，大家馬上開始笑。關於婚姻的故事點點點。

伯尼完全信任我有能力就此寫出一篇故事來。

他在門口的凹室費工夫幫我從壁櫥拿外套又幫我穿上時，我有空更仔細看了看那些一次大戰的照片——一張是整連的軍隊，另外幾張裱框的泛黃生活照是勾肩搭背微笑的男子，中間一張是一個站在閱兵場上的號兵，遠方有蒙塵的營房和旗子在高處飄揚。這是一張堪可作為《美國退伍軍人雜誌》封面的照片，標題可以叫「職責」——一個削瘦、頂天立地、完美的軍人。拿給任何一個金星母親[12]——看這剛毅的年輕英才，以嘴對著線條簡單而動人的小號，誰都要掉下眼淚。

「我看你欣賞照片裡的年輕人是吧，」伯尼充滿感情地說。「我敢賭你絕對猜不到他是誰。」

韋德．曼利？庫爾佛博士？萊諾．特里凌？但我猜在我回頭看見他泛著紅光的臉之前，我已經知道是誰了。照片裡的年輕人就是伯尼本人。無論聽起來是不是很蠢，我還是得承認，我對他產生一絲絲誠摯的敬佩。「嗯，該死，伯尼。你在照片裡——看起來相當不錯。」

「反正就是比現在瘦多了。」他說，送我到門口，用手拍著他柔軟的大肚子。我記得我低頭看他肥肉鬆垂的大臉，試著從中找出藏在背後的號兵五官。

回家路上，在地鐵上邊晃邊微微打著有薑汁汽水味的嗝，我逐漸意識到對一個作家而言，還有比寫一、兩千字換二十五塊錢更糟糕的待遇。這筆錢幾乎是我每週花悲慘的四十個小時寫國內公司債和償債基金債券所賺到的一半；如果伯尼喜歡第一篇，如果我可以每週幫他寫一篇，幾乎等於加半薪。一個禮拜七十五塊錢！假如

注12／
金星母親俱樂部是一次大戰之後成立的社團。有子女從軍的家庭會在門口掛上有一顆星的旗幟，藍星代表子女還活著，金星代表已殉難。

我能賺進這個數字，再加上瓊當祕書賺的四十六塊錢，沒多久我們就能存夠去巴黎的錢（或許我們不會遇見格特魯德．斯坦因[13]或艾滋拉．龐德[14]，或許我寫不出《太陽照常升起》[15]，但盡早移居到國外是我的海明威計畫一大重點）。而且這件事說不定很好玩——至少跟別人說起的時候：我就是計程車司機的出租車，建商的工人。

總之那天晚上，我沿著西十二街一路跑，之所以沒有衝進門對著瓊又笑又跳，只因為我強迫自己先靠著樓下郵筒喘口氣，先裝出一副文雅、忍俊不住的臉。我打算用這表情來告訴她這件事。

「但你覺得是誰在出錢？」她問。「不可能是從他的口袋出吧？一個計程車司機不可能每個禮拜付二十五塊錢吧？」

我是沒想到這點——她總是可以提出這麼合邏輯的問題——但我盡可能用我的冷嘲式浪漫主義蓋過她的問題。「誰知道？誰在乎啊？說不定是韋德．曼利出的錢。說不定是那個什麼博士出的錢。重點是有錢。」

「嗯，」她說，「那就好。你覺得你要多久才能把小說寫出來？」

注13／

Gertrude Stein，生於一八七四年，著名美國藝術收藏家及作家，一九〇三年移居法國巴黎，四十年來她在河左岸的家成為無數藝術家與作家集散地。

注14／

Ezra Pound，著名美國詩人，意象主義詩歌的主要代表人物，受中國及日本古典詩詞影響，曾譯介《論語》等儒家經典到西方。

「該死，不用多久。我週末花一、兩個小時就可以搞定。」但我沒有。我花了整個週六下午和晚上不斷起頭；我一直卡在吵架夫妻的對話，以及技術層面的不確定性，例如伯尼究竟能從後照鏡看到多少，我也懷疑一個計程車司機在這種時候到底能說什麼，而且不會讓那個丈夫叫他閉嘴看路的。

到禮拜天下午，我在家走來走去，把鉛筆折成兩半丟進垃圾桶，邊咒罵去他的；全都去死吧；顯然我連幫一個該死的白痴笨蛋計程車司機當該死的代筆作家都做不到。

「你太認真了，」瓊說。「我就知道會這樣。你現在簡直文學得令人受不了，巴布；太離譜了。你只要想一下你聽過的所有陳腔濫調的催淚故事。想想艾文·柏林[16]。」

我叫她別煩我，管好她自己的事，否則我立刻給她的嘴巴一點艾文·柏林。

然而到了深夜，套一句艾文·柏林本人會說的話，發生了一件奇妙的事。我把那混蛋故事狠狠蓋了一番。首先我開推土機夷平，然後切切實實地填好地基；然後我拿出木材敲啊打啊——蓋起牆壁、天花板和可愛的煙囪屋頂。哦，我還開了不少

注15／
海明威在一九二六年出版的作品，故事主角是居住在巴黎的美國人。
注16／
Irving Berlin，美國詞曲創作家。

窗——大又方正的窗——當光照進來時，毫無疑問的，開口說「鄉親」的伯尼．西佛就是史上最睿智、溫文儒雅、英勇又可愛的一個人。

「太完美了，」早餐時瓊告訴我，她已經讀過。「真的太完美了，巴布。我敢說這就是他要的。」

的確如此。我永遠忘不了伯尼坐著，一手拿薑汁汽水、另一手顫抖拿著我的原稿，邊讀（到現在我還是敢賭他從來不讀書）邊探索我為他蓋的小屋子裡每一個整潔舒適的角落。我看著他發現一扇又一扇窗戶，看著他的臉被光照亮而神聖。讀完之後他站起來——我們兩個都站了起來——他握我的手。

「太美了，」他說。「巴布，我有預感你會寫得很好，但我說句老實話。我不知道你會寫得這麼好。現在你要你的支票，我告訴你一件事。我不會給你支票。你寫這樣要拿現金。」

他掏出令人信賴的計程車司機的黑色皮夾，翻了翻內容物，拿出一張五元鈔票放在我手上。顯然他打算進行一個把鈔票一張張給我的儀式，於是我笑著低頭，等待下一張鈔票出現；我站著，手還伸在外面，一抬頭卻看見他把皮夾收好。

五塊錢！甚至到現在，我也但願當初我是大喊出這幾個字，或至少說話的方式能暗示出我快要氣炸——或許事後會省去許多麻煩——但事實是，從我嘴裡冒出來的是個微弱而溫順的提問：「五塊錢？」

「沒錯！」他開心地把後腳跟放到地毯上。

「唔，伯尼，我是說，這怎麼回事？我是說，你給我看過那張支票，我——」

他的笑容逐漸消失，臉上震驚受傷的表情彷彿我剛對他的臉吐口水。「哦，巴布，」他說。「巴布，怎麼回事？聽著，我們別玩什麼遊戲。我知道我給你看過那張支票；我現在再拿給你看一次。」他從餐具櫃翻出那張支票，身上的運動衫因憤慨而微微抖動。

是同一張支票沒錯。上面還是寫著二十五元整；但支票背面另一個人的簽名上，被銀行橡皮章覆蓋的、難以辨認的伯尼字跡，現在清晰可讀到該死。上面寫的當然是：「預付總額，五篇文章。」

所以我沒有被打劫——頂多只是有點被騙——因此我現在主要的問題，那噁心的薑汁汽水味（我知道海明威一輩子沒體驗過），就是——我是個大笨蛋。

「我到底對還是錯，巴布？」他在問。「我到底對還是錯？」他讓我再次坐下，盡可能微笑對我說明。我怎麼可能會以為他的意思是每一篇文章二十五塊錢？我到底知不知道計程車司機賺多少錢？哦，或許一些開自用轎車的人有可能，但那另當別論；一般的計程車司機？一個禮拜四十或四十五塊錢，運氣好的話五十塊錢。就連他們夫妻倆，沒有小孩，太太在電信公司上全職，生活也不容易。我如果不相信的話可以去問任何一個計程車司機；生活也不容易。「而且你不會以為有別人付這些文章的錢吧？蛤？」他不可置信地看著我，幾乎快笑出來，彷彿光是我會這麼想，就能確定我有多麼涉世未深。

「巴布，抱歉產生了一點誤會，」他送我到門口時說。「但很高興現在澄清了。因為我說真的，你這一篇寫的真是好，我覺得未來一片光明。這麼辦吧，巴布，我這禮拜晚點再跟你聯絡好嗎？」

我記得當時多麼鄙視我自己，我不但沒種叫他省省了，也沒能甩開他像長輩一樣重重擱在我脖子上的手，我們就這樣一路走到門口。在門口的凹室我又站在年輕號兵的照片面前，忽然間我有種不祥的預感，我知道接下來的對話是什麼。我會說：「伯尼，你在軍隊裡真的是號兵，還是這只是擺姿勢拍照？」

然後他會不帶一絲難為情，厚道的笑容也沒有一絲改變地回答我：「只是擺姿勢照相。」

更糟糕的是：我知道那戴軍帽的號兵本人會轉過身來，框在照片裡優美的側面，慢慢從相紙鬆脫，他從小喇叭的吹嘴轉過來對我眨眼，那對愚蠢、沒有才華的嘴唇根本連個屁都吹不出來。所以我沒有冒險問。我只說了「再會，伯尼。」然後速速離開那裡回家。

瓊對這個消息的反應溫和到令人驚訝。我不是說她「同情」我，這可能會讓我恨不得死了算了；她反倒是同情伯尼。

可憐又迷失的勇敢小人物，難以實現的夢想——之類的。我能否想像，這些年來他花了多少錢？多少辛苦掙來的五塊錢，就這樣進了二流、三流和十流業餘作家填不飽的胃裡？因此他是多麼幸運，以一張或許偽飾過的註銷支票，終於找到一位一流的專業人士。他因為認清這次的差異而說出「你寫這樣要拿現金」，又是多麼感人、多麼「貼心」。

「但是老天爺，」我說，心裡很高興總算有一次是我從現實的角度來想。「老天爺，你知道他為什麼要給我現金吧？因為他下個禮拜就會把小說拿去賣給該死的《讀者文摘》，因為要是我手上有支票影本證明小說是我寫的，他可就慘了，就是這樣。」

「你要打賭嗎？」她問我，令人難忘的可愛表情混合了憐憫與驕傲。「你要不要打賭，如果他真的投稿到了《讀者文摘》或是其他地方，一定會堅持把一半的錢分給你。」

「巴布．普倫提斯？」三天之後的晚上，電話裡傳來一個開心的聲音。「我是伯尼．西佛。巴布，我剛從庫爾佛博士家回來，你聽我說。我不告訴你他確切說了什麼，但我這麼說吧：庫爾佛博士覺得你相當厲害。」

無論我的反應為何——「真的嗎？」或「你是說他真的喜歡？」——一定明顯到令人難為情，因為瓊立刻滿臉笑容地走到我身邊。我記得她拉著我的襯衫袖子，彷彿在說：看吧——我是怎麼跟你說的？我得推開她，揮手要她安靜點好讓我繼續講電話。

「他想拿給幾個出版界認識的人看看，」伯尼說，「而且他要我寄一份副本到西岸給曼尼。所以聽我說，巴布，在我們等待的同時，我想再給你一些習作。或是等等——你聽我說。」想到一個新主意讓他的聲調變得豐富。「聽著。或許你比較習慣自己發想。還是你寧願這樣？不要管索引卡，發揮自己的想像力？」

下著雨的深夜，上西區的一條暗巷裡，兩個幫派分子坐進伯尼．西佛的計程車。一般人看他們以為是普通乘客，但伯尼立刻看出兩人的身分，因為「相信我，在曼哈頓街頭跑車二十二年，肯定會學到一點特殊教育。」

當然了，其中一個是冷酷無情的罪犯，另一個只是個害怕的年輕人，或說「只是個痞子」。

「我不欣賞他們說話的方式，」伯尼透過我告訴他的讀者，「我也不喜歡他們告訴我的地址——在城裡最低俗的地區——更不喜歡他們此刻就坐在我的車子裡。」

於是大家知道他做了什麼？哦，別擔心，他不是停車、下車、轉身，把他們從後座拖出來還在兩人胯下補一腳——完全沒有《已載客》的狗屁。首先，他從兩人的對話知道他們不是在亡命；至少今晚不是。當晚他們做的只是勘測地形（距離載客地點不遠的街角一間販酒店）；任務時間定在明晚十一點。總之，當他們到了城裡最低俗的地區，冷酷無情的罪犯給年輕痞子一點錢說：「拿去，小子；你繼續坐回家睡一下。我們明天見。」這時候伯尼便知道他該做什麼了。

「那痞子住在大老遠的皇后區，我們有很多時間交談，於是我便問他希望誰贏得國聯冠軍[17]。」之後，伯尼以他高深的普世智慧和高超技巧，侃侃談到健康乾淨的生活和牛奶陽光之類的話題，還不到皇后區大橋，少年就漸漸擺脫掉罪犯的堅硬外殼。車子快速開過皇后大道，兩人像警察體育聯盟的運動迷一樣聊開來，等到車趟結束，伯尼的乘客已幾乎快掉下眼淚。

「他付錢時我看見他吞了好幾次口水，」我讓伯尼這麼形容，「我感到這孩子的內心有了改變。我懷抱希望，但也許只是我一廂情願。我知道我能為他做的都做了。」回到城裡，伯尼打電話報警，請他們在隔天晚上派警員到販酒店附近站崗。果不其然，有人企圖在販酒店作案，結果被兩名強悍又可愛的警員阻止。果不其然，被他們送進監獄裡的只有一名罪犯——冷酷無情的那個。「我不知道那孩子當晚在哪裡，」伯尼歸結道，「但我希望他是坐在家裡的床上，邊喝牛奶邊讀運動新聞。」

這故事有屋頂，有煙囪；有許多窗戶讓光線照進來；庫爾佛博士再度笑笑地肯定，又一篇稿子投到《讀者文摘》；再一次我得到暗示，賽門與舒斯特[18]可能有興趣簽約，還有韋德．曼利將主演的製作成本三百萬元的電影；然後信箱裡是給我的另一張五塊錢。

某天，一個虛弱的小老頭在計程車裡哭了起來，到五十九街和第三大道附近時，伯尼說：「有什麼我能幫得上忙的嗎，先生？」接下來的兩頁半是我能想像出來最痛徹心肺的悲慘故事。他是個鰥夫；唯一的女兒早就嫁了，搬去密西根佛林特；他已寂寞了二十二年，但一直勇敢面對，因為他有一份熱愛的工作——在一間大型商業溫室照顧天竺葵。今天早上經理叫他走人——他已經老到不適合這份工作。

「這時，」伯尼．西佛說：「我才把這些事情跟他給我的地址連在一起——他要我載他到布魯克林大橋曼哈頓這一頭的某個角落。」

注17／
國家聯盟（National League，簡稱為國聯，NL），是大聯盟的兩個聯盟之一。

注18／
Simon & Schuster，一九二四年成立於紐約市的出版公司，是全世界四大英語出版商之一。

當然，伯尼不確定他的乘客打算一步步走到橋中間，將一把老骨頭拋出欄杆；但他也不能冒這個險。「我心想我該說幾句話了，」（他想得對極了；如果再來個半頁沉重的無聊老人悲嘆，故事的地基就會裂得亂七八糟。）接下來是清爽的一頁半對話，伯尼謹慎問過老人何不搬去密西根和女兒住，或至少寫封信給她，或許她會邀他過去；不不不，他只是哀號說他不能造成女兒一家人的負擔。

「『負擔？』我說，假裝不知道他的意思。『負擔？像您這樣的好人怎麼可能成為任何人的負擔？』」

「『但我能做什麼？我有什麼可以給他們的？』」

「他問我這個問題時我們正巧碰到紅燈，於是我轉過頭看著他的眼睛。『先生，』我說，『您不覺得那個家需要一個了解如何養天竺葵的人嗎？』」

等他們開到大橋，老人決定請伯尼讓他在附近一間投幣式速食店下車，說他想喝杯茶；這篇該死的東西的牆就蓋到這裡。屋頂是這個：六個月之後，伯尼收到密西根佛林特郵戳的沉重小包裹，收件地址是他靠行的計程車行。你知道包裹裡是什麼？當然知道。一盆天竺葵。煙囪在這兒：裡頭還有一張小紙條，上面是老年人精巧的字體（我不得不承認我真的這麼形容）簡單寫著「謝謝你」。

我個人是覺得這篇讓人想吐，瓊也不太確定；但我們還是寄出去，伯尼也愛得很。在電話上他告訴我，他太太蘿絲也很喜歡。

「對了，巴布，我打來還有一件事；蘿絲要我問問你跟你太太哪天晚上有空來家裡坐坐。隨興而已，就我們四個人喝一杯聊聊。你們會喜歡嗎？」

「唔，你太客氣了，伯尼，我們當然會喜歡。只是我現在不確定抽不抽得出空來——請等一等。」我遮住話筒和瓊召開緊急會議，希望她可以想出一個優雅的藉口拒絕。

但她想去，而且也想到適合的時間，於是我們四個人被絆住。

「太好了，」我掛上電話時她說。「我很高興能去。他們聽起來是好人。」

「你給我聽著，」我的食指正對著她的臉。「要去可以，但如果你是打算去那邊讓他們知道自己人有多『好』，我可不想當什麼女慈善家的夫君，陪著她接見低下階層人民。假如你要把場面搞成班寧頓女孩[19]為僕人辦的花園派對，你現在就可以打消這個念頭。聽見了嗎？」

然後她問我想不想知道一件事，並沒等我回答就告訴我。她說我是她這輩子碰過最勢利眼、最看不起人、講話最讓人討厭的大混蛋。

事情一件接著一件來；等我們坐在地鐵上準備前往西佛家赴愉快的聚會，我們兩個已經幾乎不理對方；當我看見只喝薑汁汽水的西佛夫婦為客人打開一瓶裸麥威士忌酒，還真是無法形容心中的感激。

結果，伯尼太太是個反應快，腳蹬高跟鞋、身穿緊身褡，頭髮仔細用髮夾夾好的女人，專業接線生的口吻令她的社交禮儀專業地嚇人（「兩位好嗎？真高興見到兩位；請進；請坐；伯尼，幫她一下，她的外套不好脫。」）而且天知道不曉得是誰，或為了什麼理由，當晚的話題很尷尬地從政治開始。瓊和我無法決定要投給杜魯門和華勒斯或是完全不投票；西佛夫婦則挺杜威[20]。更糟的是蘿絲為了引起共鳴，跟我們講了許多關於有色人種和波多黎各人如何入侵布朗克斯這一區的小故事，一個比一個還令人驚心動魄，讓我們兩個自由派的真是情何以堪。

還好情況後來比較歡樂點。首先，他們倆都很喜歡瓊——我得承認我還沒碰過不喜歡她的人——然後談話內容很快就倒向他們跟韋德·曼利熟識的了不起的事實，引出了好些個讓他們自豪的回憶。「但伯尼從來沒拿過他什麼好處，別擔心，」蘿絲向我們保證。「伯尼，你跟他們說那次他來的時候你叫他坐下閉嘴的事。他還真的照做！真的！伯尼在他胸前輕輕推了一把——他可是電影明星呢！——然後說：『哎呀，你給我坐下閉嘴，曼尼。我們知道你是什麼人！』你告訴他們啊，伯尼。」

伯尼開心地抖了一下，站起來重現當時的場景。「哦，我們只是在開玩笑，你們懂吧，」他說，「反正我就這樣子，像這樣推了他一下，說『哎呀，你給我坐下閉嘴，曼尼。我們知道你是什麼人！』」

「真的！真的就是這樣沒錯！就把他推倒在那邊的那張椅子上！那可是韋德·曼利耶！」

過了一會兒，伯尼和我一起去倒飲料順便進行男人的對話，蘿絲和瓊則輕鬆地在雙人座沙發坐下。蘿絲對著我調皮地看了一眼。「瓊妮，我不想讓你丈夫有大頭症，但你可知道庫爾佛博士跟伯尼說了什麼？我該不該告訴她，伯尼？」

注19／
文藝女孩的意思。
注20／
一九四四年美國總統大選的兩組候選人。

「當然，告訴她！告訴她啊！」伯尼一手拿著薑汁汽水，一手拿著威士忌在搖晃，表示今晚所有的祕密都可以出爐。

「嗯，」她說。「庫爾佛博士說你先生是伯尼碰過最優秀的作家。」

又過了一會兒，伯尼和我坐在雙人座沙發，兩位女士站在餐具櫃附近，我開始發現蘿絲自己也是個建築工人。或許她不是親手做了這個餐具櫃，但顯然她建立了無比的信念，才能維持每一期好幾百元的分期付款，買下這個要價不菲的家具。這種家具是對未來的投資；現在她站在旁邊，一邊跟瓊說話一邊關注在擦擦抹抹每一個小角落，我敢發誓她已經在腦子裡安排未來的聚會了。可以肯定的是我和瓊一定會出席（「這位是羅伯特．普倫提斯先生，我丈夫的助理，這位是普倫提斯太太。」）賓客名單也幾乎可以預料：一定會有韋德．曼利和夫人，以及精心挑選過的他們的好萊塢友人；有華特．溫契爾[21]、厄爾．威爾森[22]、圖茲．薛爾[23]之流；更重要的是要有高雅人士入列，如庫爾佛博士與夫人等級的人，像萊諾．特里凌、藍霍．尼布爾、杭丁頓．哈特福——如果紐伯德．莫里斯夫婦想參加，我可以打包票他們得要一些厲害手段才能獲邀。

如同瓊事後承認的，那天在西佛家熱到令人窒息；我以此作為合理藉口，為我接下來所做的事情開脫——喝到酩酊大醉。相信我，一九四八年時我做這件事所需的時間比現在還少得多。沒多久，我不但是屋裡講話最大聲的，還是唯一的一個；我以老天爺為證，解釋起為何我們大家都會變成百萬富翁。

到時多麼開心！哦，萊諾．特里凌會被我們推倒在屋裡每一張椅子叫他閉嘴——「還有你，藍霍．尼布爾，你這個高傲自大、道貌岸然的老笨蛋！可以不要再說大話了吧？」

伯尼咯咯笑，看起來有點想睡覺，瓊看起來替我感到丟臉，蘿絲泰然自若地微笑，但一副完全了解有時丈夫是多麼討人嫌。接著所有人都擠在凹室裡，各自試穿了至少六、七件外套；我又看著那張號兵的照片，心想我究竟敢不敢問那個我迫切想知道答案的問題。但這一次我不確定我比較害怕聽到哪一個答案：是伯尼可能會說：「只是擺姿勢拍照，」或是說：「當然是我啊！」然後從衣櫥或餐具櫃的某個部分挖出一把失去光澤的號角，然後我們只好再進去、坐下來，等著伯尼立正站挺，為大家吹出純淨而悲傷的熄燈號旋律。

注21／

Walter Winchell，美國記者和電台八卦節目主持人。

注22／

Earl Wilson，美國記者和八卦專欄作家。

注23／

Toots Shor，曼哈頓餐飲業者。

那是十月的事。我有點不確定那年秋天我到底寄出多少篇「伯尼・西佛著」的小說。但我記得穿插了一篇喜劇，有關一個胖觀光客試著從計程車天窗爬出去看風景結果被卡在腰部，還有非常嚴肅的一篇，伯尼發表關於種族寬容的演說（我覺得很不舒服，想到當時蘿絲提到有色人種入侵布朗克斯，他附和的模樣）；但我最記得的是在那段期間，瓊和我一提起伯尼就會陷入爭執。

比如，當她說她應該回請蘿絲，我叫她別傻了。我說他們肯定不會期待我們這麼做，當她問「為什麼？」我給她一個簡潔而不耐煩的說明。想要忽略階級藩籬是不可能的，別假裝西佛夫婦真的能變成我們的朋友，或是他們有這個意圖。

另外一次是在一個莫名枯燥的夜晚，我們去婚前最愛的餐廳，結果整整一小時都無話可說，她試著找話題，在桌子對面舉起酒杯，浪漫地向我這邊靠過來。「敬伯尼，祝他順利把你的最後一篇賣給《讀者文摘》。」

「是噢，」我說。「好啊，很了不起。」

「哎，你別這麼冷漠。你也知道這件事隨時會發生。說不定我們會賺很多錢然後去歐洲什麼的。」

「你開什麼玩笑？」我忽然間覺得煩得要命，都二十世紀了，一個聰明受過高等教育的女孩竟然會這麼好騙；而這女孩竟然是我的妻子，我得年復一年順從她的天真無邪，在那一刻簡直令我忍無可忍。「拜託你長大好不好？你不會真的以為他有辦法賣掉那些垃圾吧？是嗎？」我看著她的樣子，一定就像當時伯尼看著我的樣子，就是那天晚上他問我是否真以為一篇稿子是二十五塊錢。「是嗎？」

「對，我相信，」她放下酒杯說。「至少我以前相信。我以為你也相信。如果你不相信，還繼續替他工作就是心懷惡意又不老實。」回家的路上她不願意跟我說話。

但我猜真正的麻煩是，當時我倆正為了兩個更嚴重的問題而煩心。其一是我們剛發現瓊懷孕了，其二是我在合眾國際社的工作就像償債基金一樣正在穩定下沉。

我在財經版的工作變成一種慢性折磨，天天等著主管發現我對自己做的事根本一竅不通；無論現在的我有多可悲、願意去學我該知道的東西，都已經遲到離譜了。我坐在打字機前的背彎得愈來愈低，擔心好心的財經版副主編為難地將手放到我肩膀，把我炒魷魚（「可以進來談一下嗎，巴布？」）——每躲過一天就是一次可悲的小勝利。

十二月初某一個這樣的日子裡，我從地鐵站往回家的路上走，像個七十歲的老頭拖著腳步走在西十二街，發現一輛計程車以蝸牛速度跟了我一個半街口。車子是綠色白色各半的那一款，擋風玻璃背後出現一個大大的笑容。

「巴布！怎麼了，巴布？你在沉思嗎？你就住這兒？」

他在人行道旁停車走下來，這是我第一次看見他穿工作服：斜紋布帽、開襟毛線衣，腰上掛了一個筒狀換零錢的小配件；我們握手時，我才第一次看見他整天摸別人的銅板鈔票而被染成亮灰色的指頭。靠近一點看他，無論他笑或不笑，看起來都跟我一樣累。

「請進，伯尼。」屋子破裂的門口和骯髒樓梯似乎讓他有點驚訝，我們粉刷過、貼滿海報的樸素套房也讓他吃驚，這裡的房租大約不到他和蘿絲的上城公寓的一半，我記得讓他發現這些細節時，心裡帶點藝術家的驕傲；我內心勢利的想法大概是，讓伯尼．西佛知道聰明人也可以是窮人，對他而言不是壞事。

我們沒有薑汁汽水可以招待他，他說一杯水就好了，所以算不上什麼社交場合。事後回想起來，他在瓊面前的拘束讓我覺得不安——來訪時他好像一次也沒有正面看她的臉——我懷疑是不是因為我們沒有回請他們。為什麼像這種幾乎是丈夫的錯的事情，被責怪的永遠是太太？但或許他只是在她面前比在我面前還介意自己的計程車司機裝束；又或許他沒想到這麼漂亮又有教養的女孩子竟然住在這麼家徒四壁的地方，因而為她感到不好意思。

「我跟你說我今天來的目的，巴布。我正在嘗試新的角度。」他說話時，我從他的眼睛，而非他說的話，逐漸懷疑是否遠程建設計畫出了什麼大差錯。或許庫爾佛博士在出版界的朋友，終於說清楚我們的故事沒有太大機會；或許庫爾佛博士本人忽然發脾氣；或許伯尼跟韋德·曼利最後的溝通搞砸，或者跟韋德·曼利經紀公司的人溝通搞砸。或者伯尼只是工作了一天累了，一杯白開水沒能幫上忙；總之，他正在嘗試新的角度。

我是否聽過文森·J·波勒提？但他說這名字的方式，彷彿他已經知道我不會瞪大了眼睛，於是他立刻說明文森·J·波勒提是他們布朗克斯那一區的民主黨州議員。

「這個人呢，」他說，「是盡心盡力幫助人的人。相信我，巴布，他不是騙選票的人。他是真正的人民公僕，而且呢，他在黨裡大有前途，他會是我們下一任的眾議員。我的想法是這樣，巴布，我們拍一張我的照片——我有個朋友可以免費幫忙——從計程車後座拍，我在方向盤後面轉過來微笑，像這樣？」他微笑著把身體轉過去，讓我看是怎麼樣。「然後我們把照片印在小手冊封面，手冊的題目」——他在空中示意印刷字體——「手冊題目叫做『聽伯尼怎麼說』。OK？然後，手冊裡有一篇故事——就像你以前寫的，但這一次有一點點不一樣。這次我會說一個故事，說為什麼應該選文森．J．波勒提當議員。我想的不只是政治談話，巴布。我是指真正的小故事。」

「伯尼，我覺得這樣行不通。你不可能寫一個『故事』來說明為什麼要選某個人當議員。」

「誰說不行？」

「而且我以為你和蘿絲是共和黨的。」

「在國家層面是的，但地方上不是。」

「唔，但該死的，伯尼，大選才剛結束，下一次選舉還要等兩年。」

可他只是點點頭，做了個遠方的手勢，表示在政治上深謀遠慮一定有收穫。

瓊在屋裡的廚房那兒，正在洗早餐盤並準備晚餐，我往她的方向求救，但她背對著我。

「聽起來不太好，伯尼。我對政治完全不懂。」

「所以呢？不懂又怎樣，有什麼好懂的？你懂開計程車嗎？」

我不懂；我還能保證我對華爾街也一樣屁都不懂——華爾街又怎樣！——但那又是另一個悲慘的故事。「我不知道，伯尼；現在情況不太穩定，我想我目前最好先不要再接工作。第一我很可能快被——」但我實在沒辦法把合眾社的問題告訴他，於是我說：「第一是瓊懷孕了，現在事情有點——」

「哇！真是好消息！」他站起來握我的手。「真是——天大的——好消息！恭喜你，巴布，我想這實在是——這實在是太好了。恭喜你，瓊妮！」我那時覺得他的反應有一點過頭，但或許一個沒有小孩的中年男人對這種事的反應就是如此。

「噢，聽我說，巴布，」他又坐下來之後說：「這個波勒提計畫對你來說是易如反掌；我告訴你吧，既然這機會只有一次，以後也不會有版稅可言，我們就不要算五塊錢，而是算十塊。這樣好嗎？」

「等一等，伯尼。我需要更多資訊。我是說，這傢伙到底為人民做了什麼？」

我很快發現伯尼對文森・J・波勒提的所知也不比我多多少。他是真正的人民公僕，就這樣；他盡心盡力幫助人們。「哦，巴布，聽著。有什麼差別？你的想像力呢？以前你也不需要幫忙。聽著。你剛才說的讓我馬上想到一個主意。我在開車；婦產科醫院門口兩個年輕人攔我的車，一個年輕退伍軍人和他老婆。他們抱著一個小嬰兒，才三天大，夫妻倆開心得不得了。但問題來了。男孩沒有工作。他們才剛搬來，誰也不認識，或許是波多黎各人之類的，他們只剩下一個禮拜的房租，除此之外什麼都沒有，然後他們就沒錢了。我開車載他們回家，他們就住在我家附近，我們聊天，我說：『聽我說，年輕人。我想我可以帶你們去找我一個朋友。』」

「文森・J・波勒提議員。」

「當然。但我先不說他的名字。我就說是『一個朋友』。然後我們去到那邊，我進去跟波勒提講這件事，他走出來跟年輕人說話，給他們錢或什麼的。你懂嗎？故事大綱出來了。」

「嘿，沒錯，但等等，伯尼。」我站起來誇張地走來走去，就像好萊塢故事裡人們開會時要做的事。「等一下。他給他們錢之後，坐進你的計程車，你載他到大廣場街，那兩個波多黎各年輕人站在人行道上互看了一眼，女孩說：『那個人是誰？』然後男孩一臉嚴肅地說：『親愛的，你不知道嗎，你沒發現他戴著面具？』她說，『哦，難道是——』然後他說：『對，沒錯，就是他。親愛的，那就是獨行俠議員。』然後你聽著！你知道接下來怎麼了？聽好！遠方傳來一個聲音，你知道那聲音說什麼？」我一隻腳顫抖著跪在地上，講出最後關鍵的一句話。「那個聲音大喊『嘿，伯尼．西佛！』」

寫成文字看起來不太好笑，但我當時差點笑死。我笑了至少一分鐘，笑到咳嗽，瓊還得走過來拍我的背；當我終於慢慢止住笑，才發現伯尼臉上沒有笑意。我剛才笑到不能自已時，他出於困惑而禮貌性地笑笑，但此刻他看著自己的手，清醒的臉上出現侷促不安的泛紅。我傷害到他的感情。我記得自己怨恨他的感情怎麼這麼容易受傷，怨恨瓊走回廚房而沒有留下來幫我化解尷尬場面，然後沉默持續，我感到一股強烈的罪惡感和懊悔，直到我終於決定，唯一能彌補他的方法就是接受這份工作。果然，當他聽到我說願意試試看，心情立刻又好了起來。

「我的意思是，你也不一定要用波多黎各年輕人，」他向我擔保。「那只是一個想法罷了。或許你可以從那裡開始，然後繼續寫些別的，愈多愈好。你愛怎麼寫就怎麼寫。」

在門口我們又握手（感覺好像握了一下午），我說：「所以這篇是十塊錢，是吧伯尼？」

「沒錯，巴布。」

「你真的覺得你該答應他說你會寫？」他一走瓊就問我。

「為什麼不？」

「嗯，因為這幾乎是不可能的任務，不是嗎？」

「聽著，你幫我一個忙好不好？可不可以別來煩我？」

她把手放在臀部上。「我真搞不懂你，巴布。你為什麼要說你會寫？」

「不然呢？因為我們需要那十塊錢，就這樣。」

最後這房子我蓋了——蓋得要命。我在機器裡先丟進第一頁，然後第二頁，然後是第三頁，我狠狠寫他個王八蛋。開頭的確是波多黎各年輕人，但不知為何我只能擠出一、兩頁；之後我只得找其他方法讓文森．J．波勒提展現他巨大的好心腸。

一個公僕要盡力幫助人民的時候都做什麼？給錢，就這樣；沒多久我就讓波勒提付錢付到來不及點清。到最後，布朗克斯幾乎每一個稍微窮途潦倒的人只要坐進伯尼．西佛的計程車說「到波勒提家，」煩惱就解決了。最糟的是，我深信這已經是我能力的極限。

瓊從來沒讀過那篇東西，因為我終於有辦法把那東西放進信封裡寄去時她正在睡覺。大約一個禮拜的時間，我沒有伯尼的消息，我們倆也沒提過他。然後，就在他上次來訪的同樣時間，一天的尾聲，我們的電鈴響起。我一開門，看見毛衣上還有雨滴的他站在門口微笑，就知道麻煩來了，我也知道我不會忍受任何狗屁。

「巴布，」他邊坐下邊說，「我實在不願意這麼說，但這次你真讓我失望。」

他從毛衣裡拿出折起來的我的原稿。「這東西——巴布，這東西什麼都不是。」

「六頁半的東西，伯尼，你不能說它什麼都不是。」

「巴布，你別跟我說這是六頁半，我知道是六頁半，但它什麼也不是。你把這人寫成一個傻子，巴布。你讓他到處去撒錢。」

「是你跟我說他撒錢的，伯尼。」

「給那兩個波多黎各年輕人沒錯，或許是可以給一點。但你接下來把他寫成到處撒錢，好像什麼——什麼喝醉的水手或是什麼的。」

我以為我快哭出來了，但一出聲既低沉又自制。「伯尼，我問過你他還能做什麼的。我說過我不知道他還能做什麼，如果你要他做其他的事，你當初就應該跟我說清楚才對。」

「但巴布，」他說，為強調語氣而起立，每當我想到他接下來要說的話，總是想到菲利士人[24]最後綿延不斷的絕望哭喊。「巴布，有想像力的人是你啊！」

我也站起來，好讓自己可以低頭看他。我知道有想像力的人是我。我也知道我二十二歲，累得跟老頭一樣，我的工作就快不保，小孩也快出生，但跟老婆卻處得不太好；現在全紐約的計程車司機、小政客的皮條客和冒牌號兵正走進我家想偷走我的錢。

「十塊錢，伯尼。」

他做了個愛莫能助的動作，一邊微笑。然後他往廚房的瓊那邊看看，雖然我打算繼續盯著他，但我一定是也往那邊看了一眼，因為我記得她在做什麼。她正低頭看正在擰乾的抹布。

「你聽我說，巴布，」他說。「我不應該說這什麼都不是。你說得對！一個六頁半的東西怎麼能說它什麼都不是？裡頭可能有很多好東西，巴布。你要你的十塊錢；好的，沒問題，你會拿到十塊錢。我只要求一點。你拿回去修改一下，就這樣，然後我們可以——」

「十塊錢，伯尼，現在。」

他的微笑失去生氣，但還停留在臉上，一直到他從皮夾裡拿出鈔票交給我、我裝模作樣地檢查那是十塊錢鈔票為止。

「好的，巴布，」他說。「我們扯平了吧？」

「對。」

然後他就走了，瓊快速走到門邊打開門喊了一聲：「晚安，伯尼！」

我以為自己聽見樓梯上的腳步聲暫停，但我沒聽見他回答「晚安」，所以我猜

注24／
Philistines，生活在迦南南部的古民族，被外族征服而失去獨立。

他只是轉過頭對她揮手，或給她一個飛吻。我從窗戶看見他走過人行道，上了他的計程車開走。從頭到尾我不斷把他的鈔票折起來又攤開，我想我手上從來沒拿過比這還像燙手山芋的東西。

屋裡很安靜，只有我們倆走動的聲音，廚房區劈哩啪啦而熱氣蒸騰，飄來美味晚餐的味道，但我想我們倆都沒胃口。「嗯，」我說，「就這樣。」

「你真的，」她質問：「有必要對他這麼不客氣到這種程度？」

當時她這句話，聽起來這麼袒護外人，這麼不留情。「對他不客氣！對他不客氣？可以麻煩你告訴我他媽的應該怎麼對他？我是不是應該客氣地坐下來，等著隨便一個小氣、謊話連篇、吸血的計程車司機來把我的血吸到乾淨為止？這是你要的？是嗎？這是你要的？」

然後她做了一個在這種情況下她常做的動作，可以的話，我不惜一切也不願意看到她再做一次：她轉過身背對著我，閉上眼睛，用雙手摀住耳朵。

不到一個禮拜，財經版副主編的手終於落到我肩膀上，就在一篇國內公司債券的交易活躍適度寫到一半時。

距離聖誕節還有一段時間，我在第五大道的十元商店找到一份示範機械玩具的工作，暫度難關。我想一定是在這段期間——有可能是在幫一隻用棉花和白鐵做的小貓上發條時（這貓會「喵！」一下然後翻身）——反正大概就是那時候，我放棄讓自己人生走海明威路線。有些建築工程是不可能實現的。

新年之後我找到別的白痴工作；然後到了四月，就像春天忽然間來了一樣，一家工業公關公司以週薪八十元僱用我為寫手，我知道或不知道自己在做什麼並不重要，因為其他員工也不曉得自己在做什麼。

工作異常地輕鬆，讓我每天可以剩下異常多的精力來做自己的事，一切突然進行得很順利。確定放棄海明威之後，我現在轉移到費茲傑羅[25]的階段；更棒的是，我發現我開始有自己的風格。冬天過去了，瓊和我之間也變得比較輕鬆，夏初，我們第一個女兒出生。

我的寫作行程因為她而被打斷了一或兩個月，但沒多久我就回到工作崗位，且

注25／
F. Scott Fitzgerald，《大亨小傳》作者。

深信自己正不斷壯大：我開始推平、挖洞、填地基，建設一本悲劇巨著。那本書一直沒寫完——太多沒寫完的書之第一本——但在早期階段還是美妙的工作，而進行得如此緩慢，更代表將來會有了不起的成果。每天晚上我在屏風後面花愈來愈多時間，出來走動時滿腦子都是安詳而氣派的白日夢。那一年年終又到了秋天的時候，某天晚上瓊出去看電影，留我在家裡看小孩，我聽見電話鈴響，從屏風後面走出來接，聽到一個聲音：「巴布．普倫提斯？我是伯尼．西佛。」

我不會假裝已經忘了他是誰，但有幾秒鐘時間，我還真想不起來我曾經替他工作——我竟然真的親身接觸過一個計程車司機的可悲妄想。我因而頓了一下——應該說，我因而皺起眉頭，然後對著電話歉笑，低頭用另一隻手撥頭髮，（非常汗顏地）以展示我高人一等的風範——內心還謙卑地發誓，這次我絕對不會再傷害他的感情。我記得當時很希望瓊在家看見我的善心。

但他第一個想知道的是寶寶。是男孩還是女孩？太好了！她看起來像誰？哦，當然，這個年紀看起來誰都不像。做爸爸的感覺如何？還不錯？太好了！接下來他用很奇怪的正式語氣，彷彿離職已久的僕人問候家裡女主人，「那麼普倫提斯太太好嗎？」

在他家她是「瓊」和「瓊妮」或「親愛的」，不知怎的我不相信他已經忘了她的名字；我唯一的猜測是，那天晚上他沒聽見她在樓梯口喊他——或許他只記得瓊拿著擦碗布袖手旁觀，甚至還把我對十塊錢的不妥協態度怪罪於她。但我現在也只能跟他說她很好。「你們兩個呢，伯尼？」

「嗯，」他說，「我還好，」旋即變成震驚清醒的語氣，與醫生會談的那種。「但幾個月前，我差點失去蘿絲。」

噢，現在沒事了，他向我保證。她已經出院回家而且好很多；但他開始提到「檢驗」和「放射治療」，一想到可能是說不出口的癌症二字，就讓我心裡一陣不安。

「唔，伯尼，」我說，「很遺憾她病了，請幫我們轉達——」

轉達什麼？我們的問候？祝福？無論哪一個，忽然都讓我覺得有種不可原諒的傲慢在裡頭。「轉達我們的愛。」我說完立刻咬嘴唇，擔心這可能是聽起來最傲慢的一句。

「我會的！我會的！我一定轉達，巴布，」他說，於是我慶幸自己的措辭。「然後我打電話來是因為，」他笑了一聲。「別擔心，跟政治無關。是這樣的，我現在找到一個非常有才華的男孩子幫我做事，巴布。他真的是藝術家。」

老天爺，作家的心是多麼病態又複雜！因為你知道他說完這句話後我的感覺是什麼？一瞬間強烈的嫉妒。「藝術家。」是嗎？讓我向他展示誰才是這個寫作計畫的藝術家。

但伯尼很快提到「連環圖畫」、「版面」，於是我的競爭心退場，回到可靠的諷刺和疏遠。真叫人鬆了一口氣！

「哦，藝術家，你是說連環漫畫家。」

「對，巴布，你應該看一下這年輕人的畫。你知道他做了什麼？他不但把我畫得很像，而且還有一點像韋德・曼利。你想像得出來嗎？」

「聽起來很不錯，伯尼。」疏遠又開始作用，我知道我得小心防備。或許他需要的不是故事——到現在他可能已經有一整個餐具櫃的原稿讓漫畫家創作——但他還是需要一個作家來寫「分鏡腳本」，管它叫什麼，還有對話框裡的字句。現在我得盡量以溫和又得體的口氣告訴他，做這件事的人不會是我。

「巴布，」他說，「這東西在建設。庫爾佛博士看了漫畫一眼後跟我說：『伯尼，雜誌跟書都不必再想了。你已經找到解答。』」

「嗯，聽起來真的很好，伯尼。」

「巴布，我打電話是因為這個。我知道你在合眾社很忙，但我在想你會不會有時間做一點——」

「我已經不在合眾社工作了，伯尼。」然後告訴他那份公關工作。

「哦，」他說。「聽起來你更上一層樓了，巴布，恭喜。」

「謝謝，總而言之呢，伯尼，重點是我現在真的沒時間再幫你寫東西。我是說我當然樂意，不是不樂意；只是小孩占去很多時間，然後我也開始寫自己的東西——我在寫小說了——我想我真的沒辦法再接別的案子。」

「哦，沒關係，巴布；別擔心。我本來的意思，你知道的，我們的計畫要是可以借重你的——你的寫作才華——一定會是個突破。」

「我也很抱歉，伯尼，我真心祝你們好運。」

各位可能已經猜到了，但我發誓，我在掛完電話後過了一個小時才想到：這一次伯尼根本不是要我寫東西。他以為我還在合眾社，因此很可能有管道接觸到連載漫畫圈的核心。

我完全記得當我想通這件事時在做什麼。我在幫寶寶換尿布，低著頭看她美麗的圓眼睛，彷彿我希望她能恭喜我或感謝我這次也沒用安全別針戳到她的皮膚——就在這時，我想到他說「要是可以借重你的——」時停頓了一下。

他一定在這一刻放棄了醞釀多時的說辭「你在合眾社的管道」（他不知道我被開除；他可能以為我在報界有許多人脈管道，一如庫爾佛博士在兒童心理學領域，或韋德．曼利在電影圈），而改成「你的寫作才華」。於是我明白了，當我在電話上費盡心思避免傷害到伯尼的感情時，結果是他努力不傷害我的。

說老實話，這些年來我想到他的機會不多。若我錦上添花補一句，說我每次坐進計程車一定會仔細看看司機的後頸和側面，也不是真的。有一點倒是事實，我剛剛想到。每當我要找適合的字句來寫一封動人的私人信件，我總是想起：「我今天沒時間給你寫一封短信，所以我只好寫一封長信。」

無論我祝他的連環漫畫順利時在想什麼，一個小時之後我就是認真的了。現在我的祝福完全真心誠意，而且好玩的是，無論他有沒有管道，說不定還真能蓋出個什麼成績。比這個更荒唐的事在美國都建立起帝國了。總之，無論任何形式，我希望他還沒有對計畫失去興趣；但更重要的，我向神祈禱——而且我沒說粗話——無論是哪個神，都不要讓他失去蘿絲。

我重讀一次這篇小說，看得出來這東西蓋得不是很好。直梁、橫梁和牆格格不入；地基不太穩固；或許當初的地洞已經挖得不對。但現在擔心這些沒有用，因為蓋屋頂的時候到了——要讓各位知道一下我們其餘工人的近況。

大家都知道韋德．曼利發生什麼事。幾年前他死於意外，在床上；因為是年輕女人的床而不是他老婆的床，讓小報忙碌了好幾個禮拜。電視上還會重播他的舊電影，我每次看到都要驚訝，其實他是個很好的演員——我猜好到絕對不可能去演一個慈善心腸計程車司機的陳腐角色。

至於庫爾佛博士，有一段時間大家也知道他發生了什麼事。五〇年代初的某一年，反正就是電視公司打廣告打得最兇最多的那一年，其中最大篇幅的一則廣告是知名兒童心理學家庫爾佛博士簽名背書說，當今家裡沒有電視機的男童或女童，長大後可能有情緒剝奪（emotionally deprived）的問題。其他兒童心理學家、任何一個開明人士，以及幾乎全美所有家長，如蝗蟲般群起攻擊庫爾佛博士，等到攻擊結束，他的知名度已所剩無幾。之後，我敢斷定《紐約時報》迫不及待想拿半打庫爾佛來換一個紐伯德．莫里斯。

故事接下來是瓊和我了，我得給個有煙囪的屋頂。我不得不說，幾年前她和我在建設的東西也垮了。我們仍然友好——沒上法庭爭贍養費或監護權之類的——但這是結果。

那窗戶呢？光從哪裡進來？

伯尼老友，原諒我，但對這個問題我沒有答案。我甚至不確定這間屋子是否有窗戶。也許光線只能從我差勁的手藝所留下的裂縫盡可能照進來。如果是這樣，我向你保證，最過意不去的人是我。天曉得，伯尼；天曉得，這裡應該要有一扇窗的，我們大家都需要。